Madame Nielsen

LAMENTO

Madame Nielsen

LAMENTO

Roman

Aus dem Dänischen von
Hannes Langendörfer

Kiepenheuer & Witsch

When we are laid, are laid in earth,
may our wrongs create
no trouble, no trouble in thy breast;
remember us, remember us, but ah! forget our fate.
Remember us, but ah! forget our fate.

I

»Il n'y a pas d'amour
Il n'y a pas d'amour«
ruft der Kunde dem Dealer zu oder
vielleicht eher dem Nichts
dem Schrecken dem Dunkel
in tiefster Nacht dort draußen
in der Einsamkeit der Baumwollfelder
»Es gibt keine Liebe
Es gibt keine Liebe«
ich hörte ihn, den Grand maître der Schwulen
und des Fleisches
Patrice Chéreau, er wusste, wovon
er sprach, was er wusste
was er *nicht* wusste, darüber musste er schweigen.
»Il n'y a pas d'amour
Il n'y a pas d'amour«
ich hörte es, tierisch, dort unten
aus dem gedämpften Scheinwerferlicht auf der Bühne
die keine Bühne war
sondern der Boden einer großen alten Fabrikhalle
mit Sand bestreut

eine innere Wüste
ich hörte es und sah sie synchron tanzen wie
brennende Puppen an Fäden
und ich hielt den Atem an und tue es immer noch
hier, mehr als zwanzig Jahre später, weiß ich
es gibt eine Liebe, die essen Seele auf
es gibt eine Liebe
ruhig und maulwurfgemächlich
die nie das Licht des Tages erblickt
und erst zur Welt kommt lange nachdem
das Feuer, das mancher Liebe nennt,
aber bloß Besessenheit ist,
Wahnsinn, Orgasmus der Seele
erloschen ist
es gibt eine Liebe, die es nicht gibt
außer als Vorstellung, Sehnsucht, Hoffnung
es gibt eine Liebe, die es erst gibt
wenn man zusammen durchs Feuer
des Verliebtseins gegangen ist
und die Wüste danach
und danach den Hass, der Jahre
manchmal Jahrzehnte währt
und auf der anderen Seite herausgekommen ist
in der Resignation
wenn du nicht länger hoffst, glaubst oder weißt, dann
erst dann
kannst du lieben

»Il n'y a pas d'amour
Il n'y a pas d'amour«

Wir saßen auf den großen Felsblöcken im Schatten am Fuß der Mauern um das römische Theater in Orange, vielleicht waren wir auch drin gewesen, in dem Fall hab ich es vergessen, es ist über zwanzig Jahre her, die Glocken der großen grauen Feldsteinkathedrale hatten eben eins oder zwei geschlagen, die Stadt lag im Hitzeschlaf, auf den Straßen war fast niemand zu sehen, die Fensterläden der Häuser in den schmalen Gassen waren zugeklappt, die schweren Metalljalousien an den Geschäften runtergelassen, im Schatten vor dem Café lag ein schlafender Hund. Bei Sonnenaufgang um fünf oder halb sechs hatten wir das Haus in dem kleinen Dorf verlassen, das an der Bergflanke hing wie ein Schwalbennest, fensterlos und scheinbar ärmlich, wenigstens von der Schattenseite zu dem schmalen, abweisenden Weg hin betrachtet, der im steilen Bogen aus dem Tal aufstieg und sich durch einen bewaldeten Gürtel höher in die beinahe kahlen Berge zog; doch zur anderen Seite, nach Südosten zur Ebene hin, die sich flach und fruchtbar – hier und da ragt eine Felsenklippe mit einem Dorf und zuoberst eine Kirchturmspitze auf wie aus einem versteinerten grünen Meer – vierzig Kilometer bis ganz an den Fuß des Mont Ventoux erstreckt, öffneten sich die von Norden gesehen so bescheidenen grauen Steinhäuser wie vierstöckige Paläste mit Terrassen und hängenden Gärten, Kaskaden gelber Forsythien, die wie Schaum die Bergflanke hinabfielen.

Das Haus, in dem wir wohnten, zählte zu den größten im Dorf, grau, düster, vier Etagen Feldstein und eigentlich viel zu groß für uns, wir benutzten nur das Schlafzimmer, das mir auch als Arbeitszimmer diente und ganz oben eine zusätzliche fünfte Etage bildete, mit Glasflügeltüren und Aussicht aufs Tal, und den Speisesaal ganz unten, der beinahe eine Grotte war, selbst mitten am Tag kalt und düster, dort hockte er tief im Halbdunkel am Ende des großen, dunkel lackierten Tischs auf einem weißen Plastikstuhl und starrte über seine Papiere hinweg und weiter über die Terrasse und den Abgrund. Es war als Hochzeitsreise gedacht, das Haus gehörte einem älteren reichen Arzt aus Basel, wo keiner von uns je gewesen war und nie hinkommen würde, doch in den drei Wochen, die wir in dem Haus zubrachten, glitten wir mit der Geschwindigkeit des Lichts, des Gedankens oder vielmehr der Unachtsamkeit auseinander. Ein Mal nur begegneten wir uns, tief in der Nacht, der letzten, als das ganze Tal, die Ebene und »der geschälte Berg«, Petrarcas Mont Ventoux, von magnesiumweiß blendenden Blitzen erhellt wurde und der Donner über die Ebene rollte und der Regen mit jener zerstörerischen Gewalt runterprasselte, Himmelsschleusen, die sich öffnen und Felsblöcke losreißen und Bäume entwurzeln, Niederschläge, die nur der Süden kennt und sich nur jedes siebte Jahr ereignen, wenn die Erde am trockensten ist und Tiere – Vögel, Ziegen, Rinder, Katzen, Hunde, sogar Pferde – wie Kadaver über die Landschaft verstreut liegen, mit Rippen und Knochen, die durch die steife Haut vorstehn wie Dornen – da zeugten wir dich.

»Es gibt keine Liebe
Es gibt keine Liebe«

Gegen Nachmittag rissen wir uns los von unserem Dösen auf den Felsblöcken, oder vielleicht war es bloß eine Bank im Schatten unter der Theatermauer, und gingen durch die langsam erwachende Stadt zum Bahnhof und nahmen den Zug nach Paris, Gare de Lyon, und von dort den RER-Zug nach Houilles, wo eine Jugendfreundin von ihm lebte. Die Freundin, Sabine, arbeitete bei TF1 in der Technik und lebte alleine in einer kleinen Wohnung in einem Neubau; uns zuliebe, als eine Art

Hochzeitsgeschenk, hatte sie sich im Wohnzimmer eine Matratze hergerichtet und uns das Schlafzimmer überlassen. Wir setzten unsere Rucksäcke ab und duschten, als er aus dem Bad kam, warf er sein Handtuch – es war weiß, erinnere ich mich – über eine Stehlampe, die neben dem Bett in der Ecke stand, die Lampe war eingeschaltet, es war fast Mitternacht, wir waren den ganzen Tag unterwegs gewesen und hatten Hunger, wir gingen ins Wohnzimmer, wo es auch eine kleine Kochnische gab, in der er Töpfe auf die Platte stellte und zu rühren begann, und währenddessen redeten sie und er miteinander Französisch, ich verstand nur einzelne Wörter, sie redeten von den Freunden von damals, von Frank und Jean-Marie, die ich nächsten Abend kennenlernen sollte, aber dann nie kennenlernte. Plötzlich roch es verbrannt, aber es war nicht das Essen. Als ich die Tür zum Schlafzimmer öffnete, stand es in Flammen, die anderen kamen dazu und standen schweigend, starrend hinter mir, berauscht auf jene Art, mit der Feuer und Zerstörung berauschen. Komm, sagte er und nahm zum letzten Mal meine Hand, öffnete die Wohnungstür und zog mich rücklings ins Treppenhaus. Wir krochen zusammen ein paar Stufen tiefer und lagen dort und sahen durch die offenen Türen ins Feuer, das brüllte wie ein großes Tier und unsere Gesichter versengte und die Augäpfel austrocknete, und sie, Sabine, eine noch junge Frau, sie war erst Anfang dreißig, die jammernd (es klang nach Wiegenlied, nach Gebet) wie in Trance mit vorgereckten Händen in den Flammen verschwand und versuchte, Erbstücke zu retten, einen großen schweren Sekretär und die Kommode ihrer Groß- oder Urgroßeltern aus der Normandie, bald war sie nur ein schmächtiger, in den Flammen umherirrender Schatten, eine schwache Stimme, jetzt nur ein Wimmern, dann war sie weg.

– Ich liebe dich, flüsterte er
aber da war es zu spät.

Du ähnelst ihm. Ich verstehe euch nicht. Ihr seid Nachttiere, und so schnell, ohne Übergang bist du schon weit voraus, schwerelos, nervös, wie ein Reh oder eine kleine Flamme, die durch die Welt huscht, ein Silberfischchen, ich kann dir nicht folgen, wenn ich blinzle, bist du schon woanders, oh, ich verstehe nicht, dass man jemand so heftig lieben kann, es ist, als hätte ich dich noch nicht geboren, noch sind wir ein Fleisch, aber sieben Sinne, und ich nur einer davon, du bist eine Welt, zu der ich keinen Zugang habe, die Nacht, ich sehe sie nie, aber sie ist, wo du lebst, was treibst du? Ich wache auf mit dem Licht, ich habe so eine Lust auf den Tag, die Dämmerung, den langsamen Übergang, den Anfang aller Dinge, aber ihr ertragt ihn nicht, es ist, als ob ihr bei Licht zerspringt. Ich will dir gern helfen, dich befreien, dir verzeihen, was? Du bist doch die Unschuld, wir, er und ich, sind die, die die ganze Schuld tragen sollten. Ich habe immer gedacht, dass es die Nacht am Tag nicht gibt, sie ist gar nicht möglich, nur in uns, wir können uns die Nacht vorstellen, am helllichten Tag; an dem Morgen, als ich dich geboren hatte und er dich zu mir hochhob und ich dich das erste Mal in meinen Händen hielt wie etwas völlig Fremdes, das immer noch ich war, und in deine Augen sah, die noch nichts gesehen hatten, da sah ich sie, die Nacht, all das Dunkel der Welt: Wenn das Licht anbricht, ziehen sich die Nacht, die Trauer, die ganze Geschichte und alles Entsetzliche, das wir getan haben, in dir zusammen.

Plötzlich ist um uns die Feuerwehr, und ihre Mutter und ihr Vater, der Hitzedruck hat die Scheiben rausgesprengt, es knirscht unter unseren Füßen, wie wir da in der Frühsommernacht unten auf der Straße stehen und hochschauen, während das gelbe rotierende Licht des Rettungswagens über die Gesichter fegt. Und weg, der Rettungswagen ist fort, aber wir stehen hier noch neben den Eltern, wildfremde Menschen, sie haben keine Ahnung, wer wir sind, wo wir herkommen, sie haben uns nie vorher gesehen, mich jedenfalls, wir wissen nicht, was wir sagen sollen oder wohin mit unseren geröteten Pergamentgesichtern und halb geschmolzenen Rucksäcken. Die Feuerwehr ist immer noch zugange, obwohl das Feuer anscheinend gelöscht ist, oben auf Höhe des dritten Stocks gähnen in der roten Mauer zwei rußschwarze Grotten, aus denen es immer noch lotrecht qualmt wie aus Rauchermündern; nicht bloß das Schlafzimmer, auch das Wohnzimmer, alles, ihr ganzes Leben hat es rausgeblasen, die Frühsommernacht riecht säuerlich nach nasser Brandstelle. Was sagen wir bloß? Sie sollten uns verfluchen, ins Gesicht schreien, niederstrecken wie Tiere, aber sie sagen nichts, stehen einfach nur neben uns, ein nettes älteres Pariser Bürgerpaar aus Maisons-Laffitte, sie im geblümten Nachthemd mit langem, dunkelblauem Mantel drüber und Korksandalen an den nackten Füßen, er komplett angezogen, als ginge er gleich ins Büro, Hemd, Jackett, Hose und glänzend polierte Schuhe. Und dann tun sie das Schlimmstvorstellbare, das ich ihnen nie verzeihen kann. Sie sagen, er sagt, wir sollen mit zu ihnen nach Hause. Kommen Sie, sagt er und macht die Autotür auf, und wir setzen uns auf die Rückbank, zwei große Kinder mit unseren Rucksäcken, die nach geschmolzenem Plastik riechen, auf dem Schoß. Und sie steigen vorne ein, als wären sie unsere Eltern, Vater am Steuer, Mutter neben ihm, und fahren uns nach Hause.

Warum sind sie nicht im Krankenwagen mitgefahren, zumindest einer von ihnen? Warum fuhr er uns nach Hause und parkte unter den Fliederbüschen vor einer großen alten Villa, wo in der Küche, im Flur und einem Zimmer im ersten Stock noch Licht brannte, und ließ uns rein und zeigte uns, still, freundlich, einen Platz für unsere Rucksäcke und das Zimmer mit dem Bett, in dem wir schlafen konnten (schlafen, wie sollten wir je wieder Schlaf finden), das Bad, den Kühlschrank, »falls Sie der Hunger packt« (als wüsste er, dass wir nie dazu gekommen waren, den Gemüsereis zu essen, in dem er rumgerührt hatte und der sicher erst zischend am Topfboden anbrannte, ehe der Topf auf dem Herd schmolz, der explodiert und zusammen mit dem Rest ihres Lebens in die Dunkelheit hinausgepustet worden war), während die Mutter ein Taxi rief, eine kleine Tasche packte und ins Krankenhaus fuhr. Alleine. Das verzeihe ich ihnen nie.

An manchen Morgen stehe ich schon um vier auf, genau bevor das Dunkel zu leuchten beginnt, um ihn ganz mitzubekommen, den Anfang der Dinge. Ich ziehe mir den Bademantel über, schlüpfe in die Sandalen, schleiche in die Küche und setze Kaffeewasser auf. Ich gieße den Kaffee in die orangefarbene Thermoskanne, sie hat mich all die Jahre und zwei Ehen lang und hinein ins Offene begleitet, greife mit der anderen Hand den Becher, trage ihn rein und setze mich hin. Noch denke ich nichts, ich bin reine Aufmerksamkeit, ich lausche dem Licht, ich weiß nicht, wo es herkommt, aber nach ein paar Stunden bin ich plötzlich unsagbar müde und schwerelos. Und dann, wenn ich Glück habe, steht er da, ein kleiner Absatz nur, ein Wurf, eine wundersam lebendige Bewegung, die zwar noch nicht ganz ihre Form gefunden hat, da gibt's noch zu feilen und zu schleifen, bis sich alles zurechtruckelt, aber das ist nur eine schöne Dreingabe, auf die ich mich freue, jedenfalls ist sie jetzt da, die Bewegung, der Wurf, was auch immer, noch eine kleine Wendung in der großen Erzählung von uns, und damit ist gut, ich kann aufstehen und in den Tag gehen. Und egal, was er bringen mag, ich kann es tragen, selbst dein Dunkel, solange du mich nur lässt.

In den Nächten im Zimmer bei ihren Eltern, in dem Bett, in dem sie sicher geschlafen hatte, als sie Kind war und noch zu Hause lebte, lagen wir wach, mit brennenden Gesichtern und Augen, die trocken und rau waren wie Glaskugeln, unfähig zu weinen oder zu lieben oder sie einfach zu schließen, es war, als hafteten die Lider fest an den rauen Kugeln, wir lagen nebeneinander und sahen an die Decke und horchten auf die Stille, diesen unbarmherzigen Frieden in der Welt, wenn das Fürchterlichste passiert ist. An die Tage erinnere ich mich nicht, nur an die Abendmahlzeit, le dîner, um einen runden Tisch in der Mitte des Speisezimmers, vier Menschen, stumm in je ihrer Himmelsrichtung, das weiße Tischtuch, das weiße Geschirr und darauf nicht eine an der nächsten Tankstelle besorgte oder an die Tür gelieferte Pizza, sondern Hase in Aspik, selbst zubereitet, den die Mutter aus dem Kühlschrank genommen und dazu Frühkartoffeln gekocht hatte, und vor dem Hasen einen grünen Salat, tranken wir Wein dazu? bestimmt, es ist unverzeihlich, aber wir taten es, Weißwein, kühl (aber ohne anzustoßen, ohne ein Wort), wir mussten einfach, um nicht zu schreien.

Das ging nur ein paar Tage und Nächte, aber es ist wie ein ganzes Leben, eine weitere Kindheit, in der wir nicht bloß Liebende waren, sondern auch Bruder und Schwester, wie in einem Märchen, die große Villa, die stillen Nächte, der Duft von lila und weißem und rosa Flieder durch das offene Fenster, wie durch das Feuer in eine andere Welt getreten, verzaubert, ich verstand nicht, was die Menschen um mich miteinander redeten, die Eltern und auch er, mein Bruder, der dein Vater werden sollte, er sprach Französisch mit ihnen und mit der großen Schwester, die uns schon am nächsten Morgen mit ihrem Mann besuchen kam, als wäre unsere Anwesenheit in der Villa ihrer Eltern eine Selbstverständlichkeit, völlig gang und gäbe, dass man (nicht aus christlicher Nächstenliebe, sondern nach guter bürgerlicher französischer Sitte und ohne geringstes Zögern) die Menschen, die einem gerade das Leben ruiniert hatten, zu sich nach Hause nahm, ihnen Essen und ein Bett gab, ihre schmutzige Kleidung wusch und – bis auf Weiteres – mit ihnen zusammenlebte. Sie behandelte mich wie eine kleine Schwester, kalt, aber vertraut, ihre Art, wie sie mir in die Augen sah, als sie mir die Hand gab, als wüsste sie exakt, wie es mir ging, als hätten wir etwas gemeinsam, ein Geheimnis, das die Eltern, die Alten, nicht verstünden.

Dann und wann, wenn ich aufstehe und in die Küche gehe, sehe ich durch die halb geöffnete Tür einen Hauch von dir, wie du bist, wenn dich keiner sieht, und du einfach nur sein darfst, in deinem Zimmer auf dem Bett sitzen mit nackten gekreuzten Beinen, krummem Rücken, in einem blauen T-Shirt und mit dem Computer auf dem Schoß, und ich erkenne mich selbst wieder, die Zehen, die Hände, das Kinn und die Augen, doch der Blick, mit dem du plötzlich aufschaust, wenn ich es mir nicht verkneifen kann, stehen zu bleiben, ist seiner, das Chaos und Dunkel, diese rasend verzweifelte Intelligenz, die die Welt erleuchtet und euch verzehrt.

Da ist ein Augenblick, den ich vergessen habe, aber nie vergessen kann, ganz tief in den Flammen, der

Hölle, er lässt meine Hand los und kriecht, erst wie ein Hund, dann legt er sich flach hin und gleitet wie eine Schlange vorwärts, Zentimeter für Zentimeter, über die Schwelle, durch den Flur, noch eine Schwelle, sie sieht ihn nicht kommen, sie nimmt nichts wahr als das Feuer und die Dinge darin, ihr ganzes verfluchtes Zeug, was sollen wir damit, es ist, als wären die Dinge wir, sie besitzen uns, ohne sie sind wir NIEMAND, jetzt ist er bei ihren Füßen, unter dem Feuer, es reicht noch nicht ganz hinunter, es ist direkt über seinem Haar in den Dingen, verzehrt sie, verprasst sie, die Bettdecke, die Tapeten, die Kommode, den Sekretär, die Lampe steht ganz hinten rechts hinterm Bett wie eine Fackel, sie nimmt ihn nicht wahr, sie hat die Hände voll Flammen, sie schlagen von ihrem Rücken aus wie Flügel, tanzend, es ist ein Fest, er streckt die Hand über ihren Fuß, mit den äußersten Fingerspitzen kriegt er den Rucksack zu fassen und zieht ihn zwischen ihren Füßen über den Teppich wie einen toten Fisch, einen Kadaver, unschön und schäbig, wie nur Menschendinge es sein können, Zentimeter um Zentimeter, immer noch kriechend, rückwärts jetzt, geschmeidig, als wäre das der Augenblick, die heroische Handlung, für die er geboren ist, durch den Flur, und dann plötzlich mit einem Ruck fährt er hoch und auf allen vieren über die zweite Schwelle raus ins Treppenhaus und die ersten zwei Stufen runter zu mir und lässt ihn an uns vorbeirollen und noch ein paar Stufen tiefer auf den Absatz, sodass die Flammen ausgehen und er sofort, zitternd – wovor? Hitzeschock? Schrecken? Gespannter Erwartung? Ist es Freude? – die Hand reinsteckt, rumwühlt und einen kleinen Stoß Papier rauszieht, nicht mehr glatt und weiß, sondern gelblich gewellt wie Pergament, und mit Asche, die von den Rändern auf die Schrift krümelt, das Manuskript, an dem er jeden Tag da unten am Tisch in seiner eiskalten Grotte geschrieben hat und das er um *nicht*s in der Welt verlieren will.

Ich will nicht, aber ich sehe ihn immer vor mir, diesen Mensch, neben mir auf der Treppe zusammengekrümmt über einen Haufen halb verkohltes Papier, das er aus den Flammen gerettet hat, in denen sie, jetzt bloß ein schmächtiger, wimmernder Schatten, umherirrt, während sein Blick über die Papiere flackert, völlig gebannt von dem, was er geschrieben hat,

»Man tötet nur, wen man liebt,
alle anderen sind gleichgültig
Warum sollte man sie sonst töten?«

Ist das ein Mensch, denke ich, ja, das ist der Mensch, den ich liebe oder zu lieben glaubte, aber in den ich bloß bis zum Wahnsinn verliebt war, das ist der

Mensch, er nimmt niemand anderen wahr, nicht mich, nicht sie, seine französische Freundin, die noch lebendig ist, hier, hier drinnen im Feuer, das grollt und brüllt und alles andere überdröhnt und nun auch ihre Stimme, sie ist ohne Ton.

Ich weiß nicht, warum ich dir das erzähle, das ist die Art Sachen, die niemand wissen braucht, und erst recht nicht ein Kind, was sollen wir bloß mit diesem Wissen, es ist so schon schwer genug, Mensch zu sein.

An einem Vormittag, es muss der zweite oder dritte gewesen sein, fuhren wir mit der Schwester und ihrem Mann in ihrem Auto, wieder auf dem Rücksitz sitzend wie zwei Kinder, aber diesmal mit der Schwester am Steuer, zum Krankenhaus in einer Vorstadt weit draußen auf der anderen Seite der Millionenstadt und sahen sie zum letzten Mal. Hinter Glas. Durch eine Scheibe von einem kleinen dreieckigen Raum aus, ohne Möbel oder Fenster nach draußen, nur die Tür, durch die wir hinein sind und die jemand jetzt hinter uns geschlossen hat, zwei weiße Wände und die Scheibe. Näher kamen wir nicht, weder wir noch ihre Eltern. Der Raum, in dem sie lag, war luftdicht, steril. Sie war ganz hinten auf eine hohe Liege gebettet, Beine und Rumpf mit einem weißen Laken zugedeckt und Hände, Arme und Kopf in Gaze gewickelt. Wie eine Mumie. Das Einzige, was man durch zwei schwarze Aussparungen sehen konnte, waren die Augen. Sie waren geöffnet.

Wir standen da wie Salzsäulen, stumm. Der Schwager ertrug es nicht, man merkte, wie es in ihm arbeitete und zuckte, er schielte zu uns rüber, er räusperte sich. Schließlich sagte er etwas, ich verstand nicht, was, nur dass es keine Rede war oder ein Gebet oder etwas, worüber er nachgedacht hatte, es war eine Gedankenlosigkeit, irgendein Scherz. Wir reagierten nicht, weder ich noch die Schwester. Dann versuchte er es mit deinem Vater, er war noch so jung, Herrgott, Männer, sich prügeln, trinken, die Welt erobern und beherrschen, das können sie, aber das Entsetzliche verkraften sie nicht. Vielleicht wollte er dem Schwager gegenüber bloß höflich sein, er lächelte ein wenig verwirrt, der Schwager machte noch einen Spruch, und dann nannte er den Namen der Schwester. Sie rührte sich nicht, aber ich merkte, wie sie erstarrte, in diesem Augenblick hasste sie ihren Mann, eiskalt, hart, mit einem Hass, von dem ich damals nicht ahnte, dass man seinen Nächsten mit ihm hassen kann. Plötzlich ging drinnen hinter der Scheibe eine Tür auf und eine Krankenschwester kam herein, ganz in Weiß und mit einer blassgrünen Vliesmaske vor dem Gesicht. Sie stellte sich ans Kopfende, hinter die Mumie, und sah hinaus zu uns. Wie ein Zeichen. »Sind Sie bereit.« Wir standen ganz still, selbst der

Schwager hielt auf einmal die Klappe. Dann beugte sie sich vor, fasste vorsichtig den rechten Arm und hob ihn hoch. Die Mumie winkte uns zu. Und wie vier Automaten oder völlig hilflose, gottverlassene Menschen hoben wir die Arme und winkten zurück.

Einmal fuhren wir mit der Metro nach Paris rein, nur er und ich, streiften durch die Straßen um den Boulevard Saint-Germain, setzten uns in Sartres und de Beauvoirs Café, es war trübes Wetter, kalt, der Wind zerrte an den Platanenwipfeln, aber wir konnten einfach nicht drinnen sitzen, wir saßen alleine draußen unter der Markise auf diesen typischen klapprigen, dunkel lackierten Pariser Caféstühlen mit der Patina der Dreißigerjahre, Decken um den Leib und jeder mit seinem Buch im Schoß und sahen ins Leere. Ganz spät am Nachmittag fing es an zu regnen und wir gingen ins Kino, ein winziger Saal, nicht größer als ein Wohnzimmer, und saßen dort mit einer Handvoll anderer Fremder und sahen einen Film, an den ich mich nicht mehr erinnere.

So ging es nicht weiter, das Licht war krank und grünschimmlig, ein Zimmer, in dem die Zeit stillsteht und die Dinge, selbst der kleinste Nippeskram und die Fotografien der Toten in ihren Rahmen, nicht länger verrückt und die Fenster nicht länger geöffnet werden können, nur das Licht wächst wie

Schimmel und die Nägel der Verstorbenen. Der Vater behandelte uns weiterhin mit derselben stillen Höflichkeit, unmöglich zu sagen, ob wir Fremde, Freunde des Hauses oder Aussätzige waren; wenn er vom Büro nach Hause kam, hörte man erst ihre gedämpften Stimmen aus der Küche, dann betrat er das Wohnzimmer, und es lag keine Überraschung in dem Blick, der uns sah, er bat uns, am Tisch Platz zu nehmen, und die Mutter kam herein, aber ohne uns zu sehen, das hatte sie kein einziges Mal getan, sie redete nur, wenn er anwesend war, und nur mit ihm, aber sie deckte nach wie vor für uns mit, das weiße Geschirr, die Weingläser, sie setzte sich und ließ die Schüsseln herumgehen, erst den Salat, dann das Fleisch, zum Schluss ein einfaches Dessert, das bürgerliche französische Abendmahl, von dem wir jeden Abend wussten, es hatte das letzte zu sein, aber wir waren gelähmt, außerstande zu handeln, sie hatten ihre Form, die bürgerliche französische Bildung, die bis ins Jahrhundert vor der Französischen Revolution zurückreichte, wir waren jung und zeitlos, aus einer Kultur, die frei war, für alles Mögliche, worauf hast du Lust? – aber nicht in der Lage, ein Leben nach dem Tod auszudrücken, wir brachen das Baguette, tranken den Wein, schnitten noch eine Scheibe von dem Hasen ab (nacktbleich, kalt und wackelnd in seinem Gelee) und schoben sie uns in den Mund, wir nahmen die Serviette, die weiß war und jeden Abend neu gefaltet, ohne Flecken und leuchtend vor ihrem Hass, und tupften uns den Mund ab und dankten, standen auf und gingen die Treppe hoch ins Zimmer und zogen uns aus und legten uns nebeneinander ins Bett und sahen an die Decke, unfähig, das Allereinzige zu tun, was in dieser Welt noch zu tun blieb: aufstehen, unsere Rucksäcke packen und diese Hölle verlassen.

Und dann, mit einem Ruck, wie wenn man aus einem Traum erwacht, hat sich der Zug in Bewegung gesetzt, und drin sitzen wir auf dem Weg raus aus der Stadt und werden nie zurückkehren und verstehen nicht, wie es möglich ist, doch das ist es, das sollst du wissen, so ist das Leben auch, rücksichtslos und ohne Gerechtigkeit und voll plötzlicher Gnade. Und wie wir einander da stumm am Fenster gegenübersitzen in dem sonst menschenleeren Abteil und die Vorstädte vorbeigleiten sehen, da weiß ich es schon, aber ich sage es nicht, auch nicht ihm, erst ein paar Wochen später, als wir zu Hause sind und ich den Test gemacht habe: Ich bin schwanger.

Ich weiß nicht, wie lange sie dort lag. Mehrere Monate, glaube ich. Hinter der Scheibe, isoliert in einem sterilen Nichts. Später, für noch ein paar Monate, in einem etwas normaleren, aber immer sorgfältig desinfizierten Einzelzimmer, das ihre Eltern endlich betreten und sie sehen (aber nicht berühren) und mit ihr reden durften. Aber da waren wir längst in einer anderen Welt und nicht mehr bloß zu zweit, sondern zu dritt. Wir hätten uns schämen sollen, aber wir konnten nicht. Es blieb nur eins, das Schlimmstvorstellbare: so glücklich zu sein wie möglich.

II

»Il n'y a pas d'amour
Il n'y a pas d'amour«

Eigentlich war er wegen einer anderen gekommen, aber das begriff ich erst Jahre später, als eh schon alles zu spät war. Eine norwegische Schauspielerin oder »Performerin« oder Künstlerin, die dem dänischen Regisseur assistierte. Ich hatte sie bei den Proben gesehen, sie war schön, schnell, geschmeidig, leise und selbstsicher, und ich mochte sie nicht. Es war spät am Abend nach der Premiere, meine beste Freundin und ich saßen im Foyer mit dem Rücken an die Bar gelehnt auf dem Boden und lachten und pfiffen auf alles, auch wie wir aussahen, mit unsren Rotweinzähnen und Sandalen und Laufmaschen in den Nylonstrümpfen an unsren unschön unter den Röcken vorragenden Beinen. Ich wusste, wer er war, wir hatten nie ein Wort gewechselt, aber ein Mal hatte ich ihm in die Augen geschaut, bei einer Lyriklesung in einem Kellercafé, wo ich den Einlass machte. Er war schmal und schön und nervös, er strahlte, und seine Augen, die waren graugrün. Er lächelte mich an. Ich lächelte ihn an. Das war alles. Und nun, drei, vier Jahre später stand er plötzlich da, an die Bar gelehnt und sah zu uns runter, und wir sahen zu ihm hoch und lachten. Und er ließ sich am Tresen hinabgleiten und saß neben uns auf dem Boden, und wir redeten, über nichts, irgendwas, die Leute, und tranken Rotwein und lachten. Oh, er war so jung, wir waren so jung, nicht viel älter als du jetzt. Und dann geschah es, und es war nicht das Schicksal, und es war kein Zufall, es geschah einfach, so ist das Leben, die Dinge geschehen. Er kannte niemanden, außer der norwegischen Schauspielerin oder Performerin oder Künstlerin, die er wohl auch nicht wirklich kannte und bloß hoffte, ihr noch mal zu begegnen. Aber ich hatte das Libretto geschrieben, und meine Freundin kannte den Lichtdesigner oder jedenfalls einen, der ihn kannte, und als es plötzlich spät in der Nacht war, fragte irgendwer, ob wir mit zur Afterparty wollten, bei dem Lichtdesigner, der wohne ein Stück weiter an den Seen in einer großen Wohnung with a view. Und dann rappeln wir uns auf und schlingern los, an den Seen lang, und er geht mit. So einfach. Die Dinge passieren, und du brauchst nichts denken oder wollen oder dir vorstellen oder hoffen, lass dich einfach treiben. Und das taten wir, schlingernd, meine Freundin und ich mit unseren Rotweinzähnen und verunglückten Frisuren, wir waren jung und betrunken und sorglos und brauchten nicht glücklich sein. Und er ging neben uns, ohne zu schlingern, und von Zeit zu Zeit stieß ich gegen ihn, und er lächelte mich an. Im nächsten Moment sind wir oben in der Wohnung, die Tür zu einem kleinen Balkon steht offen, und jemand steht draußen und raucht, und was sagt man, wir lachen, und dann fangen wir an zu tanzen. Was ich gar nicht kann, aber er schon, er kann allerhand Sachen, die er nicht richtig gelernt hat, er hat für alles Mögliche Talent, oder macht es bloß einfach, und immer auf seine ganz eigene Art, rastlos, wachsam, zerbrechlich, und mit diesem schier unmenschlichen Willen, der ihn so leuchtend und unglücklich macht. Oh, wie ich ihn liebte! Und dann hasste ich ihn. Aber noch nicht jetzt. Jetzt tanzen wir nur. Und zwischendurch sinken wir nebeneinander auf ein kleines Sofa und haben Gläser in den Händen und lachen, wegen nichts und wegen der Leute und überhaupt. Und plötzlich küssen wir uns, und ich denke »nanu!«. Und dann lachen wir wieder und sehen, wir sind plötzlich die Letzten, nur der Gastgeber ist noch da, er geht im Zimmer umher, müde und gewöhnlich und immer noch in der Welt, die wir auf einmal verlassen haben, und sammelt Gläser mit Resten und Flaschen voll Kippen zusammen und ist ein Schattenriss gegen das Morgenlicht draußen über dem See und dahinter: die Dächer und Turmspitzen der Stadt. Und dann stehen wir nichts ahnend auf und haben nichts dabei und rein gar nichts vor und gehen in der Morgendämmerung die Seen und weiter den Gammel Kongevej entlang, während die Sonne aufgeht und die Stadt nach und nach ratternd erwacht und die letzten Betrunkenen stolpern und Ruhe geben. Und ganz draußen, »wo Frederiksberg in den letzten Zügen liegt«, schließe ich die Tür zum Treppenhaus auf, das bürgerlich von unserm späten und allzu frühen Lachen widerhallt, und ich nehme seine Hand und führe ihn die Treppen hoch zur Tür, an der mein Name neben dem Namen eines anderen Mannes steht, wir sehen es beide, aber tun, als wäre nichts, und ich lasse uns ein in den langen Flur, der auch sein Echo von unserem Stolpern und Schuheausziehen (mit einer Hand an die Wand gestützt) geben darf. Wir liegen auf meinem Bett, das die kleine Kammer zum Hof ganz ausfüllt, und die Welt ist noch so still und hell, und es gibt keine anderen in ihr als uns. Und er ist so schmächtig und doch maskulin, wie seine Hände meine Arme umschließen und meine Brüste halten durch den schwarzen BH, und plötzlich laufe ich über und muss aufstehen und renne durch den Flur zum Badezimmer und sitze auf der Toilette und schließe die Augen und lächele, während der Urin unter mir in die Schüssel rauscht, und ich höre mich seufzen und reiße eine viel zu lange Bahn von der Klorolle und falte sie schräg und wische mich ab und seh mich im Spiegel und kichere und renne zurück durch den Flur und fummle dabei hinten an meinem BH und zieh ihn aus und schmeiß ihn hin und lass mich fallen. Und dann lieben wir uns, und es ist jenseits von Gut und Schlecht und kein Fick, und er macht es zum ersten Mal, dass er mit einer, die er gerade kennengelernt hat, nach Hause geht, aber das sagt er nicht.

»Oh.«

Das reicht nicht, ich weiß, aber wie sag ich's? Es ist nichts, und größer als alles. Es ist ein Wunder, und das, was halt passiert. Ich kann dir erzählen, was er anhatte, aber das hat er ja nicht mehr, wir sind jetzt nackt und ohne Worte. Und später schlafen wir ein. Und werden wach, und es ist spät am Tag, wir schlagen die Augen auf und sehen ihn ins Graue verschwinden wie den Wanderer in Købkes »Herbstmorgen am Sortedam-See«, aber von hinten betrachtet, er entfernt sich schon, der Tag, den wir nie zu Gesicht bekamen. Und wenn schon, wir haben keine Verpflichtungen, weder jetzt noch sonst je. So ist es.

Am Abend klingelten mein Vater und seine neue Frau an der Tür, ich machte auf, er stand hinter mir, und sie sahen ihn und sahen etwas überrascht aus und sagten nichts. Ich hatte Pasta mit Lachs-Sahnesoße gekocht, wie immer, jedes Mal, wenn Gäste kamen, kochte ich Pasta mit Lachs-Sahnesoße, und dein Vater, der damals noch nicht mal mein Freund war, sondern bloß einer von einer Million in der Stadt, eine Zufallsbegegnung und schon der Mann meines Lebens, aß meine Pasta mit Lachs-Sahnesoße, obwohl er weder Lachs noch Pasta noch Sahne noch Soße mochte, aber das sagte er nicht, weder da noch die nächsten zehn Male, als ich Pasta mit Lachs-Sahnesoße servierte, er war aufmerksam, hörte zu, wir saßen alle vier im Kerzenschein um den Tisch und aßen und tranken ein Glas Wein, und die Stimmung war unbeschwert und zerbrechlich, und eines Tages sollte er dein Vater werden.

Die Liebe ist in der Zeit, im Alltag, in der Zuwendung, in Bewegungen, die sich wiederholen, in der Langeweile und den Routinen und trotz allem. Die Verliebtheit ist außer der Zeit, sie hebt sie auf, sie ist ein endlos expandierendes, leuchtendes Jetzt. Sie ist atemlos und fiebrig, sie brennt, sie ist »außer mir«, sie ist unbegreiflich und allesverschlingend und muss unbedingt sterben. »Sonst sterbe ich.« Sonst sterben wir. So ist sie, die Verliebtheit, sie treibt Menschen in den Wahnsinn, sie kann sich in alles Mögliche verwandeln und tut's auch, jederzeit, und immer, ehe ihr's ahnt. Hass. Zerstörung. Eifersucht. Wahnsinn. Verzweiflung. Perversion. Selbstmord. Sex. Sie bringt euch um, ihr überlebt's nicht und sie ebenso wenig. Gott sei Dank.

Wir fielen aus der Zeit. Wir begriffen nichts und waren plötzlich glücklich und starr vor Schreck und wollten nicht begreifen. Nie mehr aufstehen, nie mehr Kleider tragen, nie mehr rausgehen. Und dann plötzlich mussten wir. Raus! Raus! Ich riss die Fenster auf, raue Novemberluft strömte rein und rupfte uns beim Anziehen die Haare. Wir gingen die Treppen runter und ins Viertel hinter der Kirche, das schon immer dort lag und alles repräsentierte, wofür mein Leben zu kurz ist. Und jetzt gingen wir ausgerechnet hier draußen in der Belanglosigkeit, stille Straßen in der frühen Abenddämmerung, wo wir nicht riskierten, jemandem zu begegnen, wem auch, uns selbst vielleicht, aller Grund zur Erwartung, unbekannt zu sein, einander und uns selbst. Die Novemberdämmerung, weiß gekalkte Doppelhäuser mit roten Ziegeln und alten Sprossenfenstern, der säuerliche Geruch von faulen Äpfeln, matschigem Laub, Erde und aus den kleinen Eigenheimen der Geruch von dänischem Schweinebraten, Röstzwiebeln, anderswo ist es Leber, und dort? »Frikadellen«, sagte ich. »Buletten«, sagte er. Die Gärten waren jämmerlich, die Bäume dürr und blank und kahl, und kein Mensch draußen. Es gab nur uns. Wer waren wir?

Die Liebe ist einfach. Wie atmen. Wie hören. Wie sich im Schlaf auf die Seite drehen. Wie hoffen, ohne glauben zu müssen. Wie allein nach dem Regen durch einen Garten gehen. Wie auf den Bus warten. Wie weinen und einschlafen. Die Liebe ist ruhig. Und immer ein wenig ängstlich. Und nicht bange vor ihrem eigenen Tod. Nur dem des anderen. Deinem.

Beim Kirchlichen Kreuzheer im Finsensvej sah ich zwei fast identische und ziemlich hässliche bordeaux, grau und dunkelblau gestreifte Morgenmäntel im Fenster, ging rein und kaufte sie uns als Geschenk, für das wir uns sofort auszogen und in sie hineinschlüpften, als wären sie die Tür zu einer anderen Welt, und wir sahen uns im Spiegel und erkannten uns nicht wieder und gingen wie Fremde im Zimmer umher und fühlten uns heimisch und wollten nie mehr aus dem Haus.

Die Verliebtheit hat keinen Namen und kein Gesicht, und der, den du im Spiegel siehst, ist nicht du selbst, und das ist ein Schrecken, ein Glück und ein Sturz ins Leere. Wir tranken Weißwein aus des anderen Mund und lagen auf meinem grünen Sofa im Erker zur Straße hin und lasen Hemingways »Der Garten Eden«, in dem der Erzähler Der Mann ist und die zwei jungen Frauen hübsche Jünglinge ohne Geschlecht, und fanden es ein bisschen schwülstig und angestaubt, es sagte uns nichts über uns, es war banal und selbstbespiegelnd, aber wir genossen es, der Rhythmus der Sprache wiegte uns in den Schlaf, tief in der Nacht wachten wir auf und wankten ins Bett und liebten uns und fielen in den Schlaf und wachten auf und fielen und fielen und erwachten nicht und liebten im Schlaf und standen auf, wenn das ganze Viertel schlief, und gingen in die Küche und schnitten Brot und darauf Bohnenaufstrich aus der Dose und geriffelte Rote Bete aus dem Glas und aßen es auf dem Schoß des anderen sitzend im Schein des sperrangelweit offenen Kühlschranks. Das Telefon klingelte, wir hielten im Kauen inne und sahen es starr vor Schreck an, es klingelte und klingelte, und endlich verstummte es, und wir konnten aufstehen und gingen ins Wohnzimmer, und er klaubte ein dünnes schwarzes Buch aus dem Regal und sah, dass es geschrieben und mir gewidmet war von meinem Freund in einem früheren Leben, das nun Lichtjahre und acht Monate zurücklag in einer anderen Welt, und dessen Name, der noch an der Tür stand, immer wenn ich den Schlüssel ins Schloss steckte, das Haus zum Wackeln brachte, und schlug das Buch auf und las

»Das Telefon klingelt
und jemand ist tot.«

Und auf einmal sind wir ganz still und langen ineinander hinein und klammern uns an den Abgrund des anderen und spüren die Verliebtheit ansteigen wie ein Fieber und stehen wieder in Brand.

Wir liebten uns, ohne es können zu müssen, und wir waren nicht gut darin, und das war das Beste von allem. Wir hielten eine billige Kamera hoch und richteten sie auf das Einzige, was wir wissen mussten: Wer sind wir?, und nahmen einen Augenblick aus der Zeit, und ich hab ihn noch, und das ist alles, was übrig ist. Und du.

Wie jung wir sind, Schläfe an Schläfe gepresst im jähen Jetzt des Blitzlichts und helle, leicht verschlafenverliebte Augen, meine braunen beinah verdeckt von den Lidern, die ich mit kokettem und sehr französischem Filmstar-Ennui senke, seine wie immer weit offen leuchtend grün, die Hälse nackt und winterweiß über den völlig identischen bordeaux, grau und dunkelblau gestreiften Morgenmänteln, um meinen Hals eine zierlich-filigrane Silberkette, drei gefrorene Perlentränen in einer Reihe, wie zart wir sind, ohne Zweifel, Falten oder Furchen, zwei runde Babygesichter, seins leicht rot gepunktet an Kinn und Wange, als wäre er noch in der pickligen Pubertät, was er sicher auch ist, so spät, wie er mit allem, was er hier im Leben anfangen soll, dran ist, ich lächele, die

Lippen geöffnet, den Kopf zurückgeworfen in sinnlich posierender Hingabe, die Zähne blitzen so weiß, die Haare fallen in einem hennarot schimmernden Bogen und verschmelzen mit dem nachtschwarzen Zimmer, seine stehen ab, wild und Warhol-wasserstoffweiß und störrisch wie seine Seele, doch die Lippen sind sanft und sensibel, man sieht sie fast zittern unter der willensstarken Nase, die ihm sein ewig junges Profil gibt, das er in der Welt herumträgt, meine Stupsnase fast bloß zwei spöttische Löcher, oh, wie deutlich man sieht, dass wir nicht für die Welt posieren, bloß für uns, sonst ist da keiner, zwei inzestuöse, siamesisch verwachsene Zwillinge, ja, so sanft und unschuldig sieht die Verliebtheit, dieses allesverzehrende Feuer, also auch – einen kurzen Augenblick – aus. Und nichts ahnen wir, von dir, dem Brand, der Schrift und all dem Entsetzlichen, was wir ohne Vorwarnung anrichten werden.

Diesen Augenblick erlebt haben zu dürfen, größer und schöner und alles umstürzender kann kein Traum von Liebe in der Geschichte jemals gewesen sein, oder jenseits der Geschichte, in den Mythen, auch nicht Jasons und Medeas. Kein Wunder, dass ich, wie sie, so brennend wünschte, es solle nie aufhören, sondern einfach dauern und dauern und ohne Zeit sein, und noch jetzt, mehr als zwanzig Jahre später, da ich es hervorgeholt habe und die beiden wiedersehe, sind das wirklich wir?, ja, wünsch ich, sie mögen nie älter werden, sondern sterben in diesem jäh endlosen Jetzt und ewig leben und ihre Tage eine Nacht, die nie enden soll, ach, wär's doch bloß ich, denke ich, wären's doch bloß wir, und das sind wir ja, und sind's doch nicht und niemals, niemals wieder.

An einem Dezemberabend stehen wir auf, lassen die Morgenmäntel liegen wie Schlangenhäute und ziehen uns an wie die Menschen, die wir früher oder später, aber nie! nie! im Leben werden, und zum ersten Mal seit der Nacht, in der wir einander begegneten, fahren wir mit den Fahrrädern in die Stadt, um deine Großmutter zu besuchen, die damals einfach noch bloß meine Mutter war. Sie wohnte in einer kleinen Zweizimmerwohnung im Viertel Pisserenden, in der dunkelsten Straße im zweiten Stock über einem Bäcker, und lag den ganzen Tag in ihrem niedrigen Wohnzimmer auf dem Sofa und las und rauchte. Oh, wie heftig sie war, deine Großmutter, und ich liebte sie mit dieser Heftigkeit und wollte so gern frei sein und fürchtete doch mehr als alles andere den Tag, an dem sie sterben würde, und wachte immer in dem Moment aus dem Traum auf, wenn sie den weißen Sarg aus der Kirche tragen, und ich reiße mich los und werfe mich schreiend auf ihn. Und als wir jetzt in ihrem kleinen Flur stehen und ich »hallo Mama, wir sind's« rufe, merke ich, wie er zum ersten Mal meine Stimme hört und das zaghafte kleine Mädchen, das ich bin, und dreh mich um und trau mich nicht, ihm in die Augen zu sehen, und tu's und sehe sein Staunen und den Abgrund, der sich plötzlich in ihm und zwischen uns auftut, und zum ersten Mal wünsch ich ernsthaft, ich könnte frei werden, um einem anderen zu gehören.

Ich hatte sie so entsetzlich lieb und werde sie immer lieben, jeden Tag, come rain or come sun, gehe ich auf den Friedhof und hocke mich ein Weilchen auf den kleinen Stumpf aus Granit, den wir über ihr Kopfende gesetzt haben, und wünsche, sie möge endlich zur Ruhe gekommen sein. »Sie ist einer der heftigsten Menschen des zwanzigsten Jahrhunderts«, sagte er, »sie, Stalin, Lenin und Mao vielleicht, Hitler nicht, der war bloß ein schriller kleiner Vegetarier.« Aber als alles plötzlich zerbrach, war sie es, an die er sich wandte, nicht die Freunde oder seine Eltern, auch nicht die Schwestern, die waren lieb und gut und viel zu gewöhnlich, sie war die Einzige, mit der ihm nach Reden war. In der Dämmerung ging er durch den Königlichen Garten in die Dronningens Tværgade und klingelte unten am Eingang des anonymen weißen Gebäudes, in dem sie jetzt wohnte, und saß bis Mitternacht in einem der niedrigen Sessel an ihrem Bett, das ihr Wohnzimmersofa abgelöst hatte, sodass jetzt kein Unterschied mehr war zwischen Tag und Nacht, ihr Leben war ein einziges dunkles Zimmer, in dem sie mit einem Stapel Kissen im Rücken unter der Decke lag und kalten Kaffee trank und eine Zigarette nach der anderen rauchte und mit ihrer wunderbar tiefen, rauen Stimme von den Romanen und Biografien über Sartre und de Beauvoir und Mao und John F. Kennedy erzählte, die sie nachts zuvor dort im Bett gelesen hatte und die er oder ich für sie in der Bibliothek ausgeliehen und ihr hochgetragen hatten, jede Woche ganze Plastiktüten voll Erfahrung und Welt, Geschichte und Wahnsinn, die sie in unserem Auftrag las, denen im Gegensatz zu ihr in dieser Welt noch anderes zu tun blieb, und er hörte zu, »sie ist der Mensch mit der reichsten Sprache in diesem Land«, sagte er, »sie hält die Sprache lebendig«. Aber sie hörte auch ihm zu, das weiß ich, sie hatte ihn auf ihre eigene rücksichtslose Art gern, seine Intelligenz, den Witz und Wahnwitz, den sie teilten und den sie nicht mit mir teilen konnte.

Aber das kam alles später. Jetzt sitzen wir da einfach im stillen Schein der Lampe über dem Couchtisch in der niedrigen Wohnung, er und ich in je unsrem tiefen Sessel und sie schwer wie ein römischer Kaiser auf dem Sofa ruhend auf der anderen Seite des Tisches, und trinken Tee und Kaffee und essen die Kekse, die sie sich von dem kleinen Kaufladen unten hochliefern lässt (samt den Kaffeetüten und der Milch und den achtzig Zigaretten am Tag, die sie raucht), weil ihr das Aufstehen zu viel ist (außer das eine Mal in der Woche, jeden Montag, sie zieht sich hübsch an, und ich gehe mit ihr die Larsbjørnsstræde runter und die zwanzig Meter auf der Flaniermeile zum Grand-Kino in der Mikkel Bryggers Gade und schaue einen Film), und ich bin völlig außer mir und versuche, mich zu beherrschen, und hoffe nur, dass sie ihn mag, nicht wie meine bisherigen Freunde, die sie alle verachtete, weil sie zu klein, zu gewöhnlich, zu mittelmäßig begabt waren, nicht für mich, für sie. Und sie mag ihn, das spür ich, wie sie jetzt schon miteinander reden, inspiriert, Himmel, was für eine Erleichterung.

Und so soll es immer sein und währt nur einen Augenblick. Sie waren zu heftig. Beide auf ihre Art. Sie mit ihrem Alter und dem Leben, das sie hinter sich gelassen hatte. Er mit seiner Zerbrechlichkeit und seinem allesverzehrenden Willen. Mit den beiden zusammen war ich bloß ein kleines Mädchen. Aber ganz zuletzt, als einer von uns, er oder ich, sterben sollte, war dennoch ich die Starke.

Doch jetzt hat es gerade begonnen oder steht im Begriff, hier um den Couchtisch in ihrem dunklen Wohnzimmer ist alles zum Zerspringen schön vor Erwartung, wir sind ja so jung, wir haben ein ganzes Leben gewartet, ohne so ganz zu wissen, worauf, und jetzt ist es plötzlich geschehen, und alles ist offenbar und geheimnisvoll. Und wir stehen auf und sagen meiner Mutter Gute Nacht und radeln im Novemberregen den Gammel Kongevej entlang und schließen die Tür mit meinem Namen und dem eines anderen auf und werden die nassen Sachen los und werfen uns aufs Bett, glücklich, gemeinsam draußen gewesen zu sein, auch das können wir jetzt, und erleichtert, dass wir's nicht jeden Tag müssen, einmal im Monat, das reicht, den Rest des Lebens werden wir hier leben, ineinander im Bett auf dem Sofa im Erker unterm Fenster im Wohnzimmer im Wein, den wir trinken aus des anderen Mund, in den Morgenmänteln, die uns so märchenhaft fremd und inzestuös machen, Bruder und Schwester im Lebkuchenhaus.

Das ist die Verliebtheit, pervers und unschuldig, arglos und voll Begehren, wonach?, nach allem, was es eben gibt, aber nur in dir, nur durch dich und für immer zusammen mit dir, »Du, mein Du«.

Und der November floss in den Dezember, und immer wieder klingelte das Telefon, jeden Tag oder jede Nacht klingelte es und zog uns ans Ufer der Zeitlosigkeit, nackt und verletzlich lagen wir da und lauschten ihm, dem Drängen der Welt und der Menschen, dem Neid darauf, dass welche zu glauben wagen, sie könnten außer der Zeit leben. Es klingelte und klingelte, und wir ließen es klingeln, verwundert, ängstlich, und das Klingeln verstummte.

Die Straßenleuchte draußen vorm Erker schaukelt schummrig gelb an ihren Drähten, aus dem Dunkel taumeln die Flocken groß und feucht hinunter durch ihren Schein, küssen den Asphalt und sind weg. In einer Woche ist Weihnachten, sage ich. Und?, sagt er. Dafür braucht er nicht aufstehen, seine Familie ist groß und eh schon weit genug weg, die kommen ohne ihn zurecht. Aber Mama, sage ich, meine Mama! Allein der Gedanke, sie könnte an Heiligabend alleine auf ihrem Sofa liegen, kalten Kaffee trinken und ihre achtzig Zigaretten rauchen und noch eine Biografie eines Menschen lesen, der ein Leben gehabt hatte, einen Namen und sogar einen Erzähler. Kein Mensch soll so einsam sein. Einsam?, würde sie sagen. Ja!, sage ich. Das ist unwürdig. Er sieht mich an. Er lächelt. Lächelt er mich an? Belächelt er mich? Ich will dir die Wahrheit erzählen, aber ich kenne sie nicht. Ich stand auf, ging in die Küche und rief sie an und sagte, ich würde ein Taxi bestellen. Könnt ihr nicht einfach ein paar Stunden herkommen, sagte sie, das war so schön neulich. Mama!, sagte ich, es ist Weihnachten!

Auf dem Kirchplatz kaufte ich einen Baum, ich kaufte Kerzen und Kerzenhalter, ich kaufte Kugeln und Engel, bei Skjold Burne kaufte ich eine Flasche Rotwein. Ich machte Abendessen, nicht Pasta mit Lachs-Sahnesoße, sondern überbackenen Dorsch, ich kochte Kartoffeln und machte einen Salat. Ich zog die Schürze aus und ein schwarzes Kleid an und schminkte mich. Er sah mich an und lächelte. Dann stand er auf, ließ den Morgenmantel fallen und zog sich an.

Sie kam mit dem Taxi, das ich bestellt hatte. Sie hatte gebadet und sich die Haare gemacht, hübsch war sie, meine Mutter, hinter der Scheibe auf dem Rücksitz des Taxis, eine eiserne Lady. Ich hielt ihr die Taxitür auf und half ihr beim Aussteigen und die Treppe hoch und hängte ihren Mantel über einen Bügel, sie ging schon vor ins Wohnzimmer und setzte sich, »nicht aufs Sofa, Mama, an den Tisch!«, den ich gedeckt hatte, und jetzt zündete ich die Kerzen an, während er das Essen reintrug. Später saßen wir alle drei auf dem grünen Sofa, sahen auf die Kerzen und sangen. Und ich war glücklich, jetzt konnten wir auch das, jetzt konnten wir alles. Es kommt ein Tag, und an diesem Tag würden wir in die Welt zurückkehren. Nicht jeder für sich. Zusammen. Um Mitternacht kam das Taxi, und er half ihr in den Mantel und begleitete sie nach unten, und ich stand am

Erkerfenster und sah es. Und als er wieder hochkam, wandte ich mich ihm zu, und wir sahen uns in die Augen, und es war noch ungesagt, aber es schwoll in uns an. Ach, die Menschen, sie wollen es so gern sagen, warum müssen sie es unbedingt sagen, was soll das Gutes beitragen zu dem, was bloß schon ist. Ich legte eine CD ein, und zum ersten Mal seit der Nacht, in der alles begann, tanzten wir. Björk, ihr Debüt, das einfach nur »Debut« heißt, und es ist so jung und pur, so einfach und unanfechtbar, unbesiegbar, eine andere Welt in der Welt, die allem trotzt, und wir tanzten und tranken Champagner aus der Flasche und aus des anderen Mund und berauschten uns aneinander, es sprudelte in uns, es wollte so gern gesagt werden, es hatte ein ganzes Leben und mehrere Monate gewartet, nun konnten wir es nicht länger verbergen, wir mussten zerspringen, und es musste jetzt glücken. Und dann kam es, zerbrechlicher als alles, was je gesagt worden ist, wie aus einem Mund, aber erst der eine, und im selben Moment war's der andere. »Ich liebe dich.« Es ist so banal, es ist das, was nicht gesagt werden kann, es passiert, und wenn es passiert, ist es ein Glück, ein Zittern und Beben und nie zuvor gesagt, und man ist so klein, und es ist größer als alles sonst. »Ich liebe dich.« Und jetzt konnte ich sterben.

In der Klosterkirche in Sorø hinter dem unheimlichen Altar und dem Kreuz, an dem der Erlöser unmenschlich groß, aber jämmerlich und ausgezehrt hängt, steht ein grauer Steinsarg, wie aus dem Granitboden gemeißelt, mit den fast siebenhundert Jahre alten irdischen Überresten des Ehepaars Christopher II. und seiner Königin Euphemia. Und oben auf dem Sarg, Seite an Seite auf dem Sargdeckel ausgestreckt wie auf einem Bett, liegen sie selbst nach ihrem eigenen Bild, als wären sie noch am Leben, auf ewige Zeit Mann und Frau, aus etwas gegossen, das aussieht wie Eisen, aber bestimmt einmal Bronze war, grau, starr und unerschütterlich und dennoch verletzlich, wie nur Menschen es sind, mit offenen Augen und dem Kopf auf je ihrem Kissen aus Stein oder Zement, und starren nach oben ins Leere. Siebenhundert Jahre lang haben sie einander nicht berührt, doch ihre linke Hand liegt, leicht geöffnet, auf ihrem Mieder, als streckte sie sie aus nach ihm, den sie nie erreichen wird. Seine linke Hand ist über dem Solarplexus zur Faust geballt, das Gesicht streng, verbissen, die Nase spitz, ihre hingegen ist runder, kleiner, wie meine, und beiden fehlt die rechte Hand, mit der wir schreiben, die Sprachhand (warum diese Stümpfe, Knochen, seiner ist hohl, was soll das bedeuten, geschieht so was wirklich, ist das das Leben?), »The King's and the Queen's Two Bodies«, der eine Körper von dieser Welt, vergänglich und dort unten im Dunkel des Sargs längst zu Staub verwandelt, der andere göttlich und ewig, ausgestellt für die Welt, wie die Erzählung, die Geschichte von uns, die ich dir erzählen will. Da liegen sie, siebenhundert Jahre später, noch ebenso menschlich, verletzlich und zusammen auf ewige Zeiten getrennt in je ihrem Lauschen auf die Stille, diesen unbarmherzigen Frieden in der Welt, wenn das Fürchterlichste geschehen ist.

An einem Morgen im Januar liegen wir nebeneinander im Bett, wir sind heiß und nackt, wir haben uns geliebt und geschlafen und sind aufgewacht und haben uns wieder geliebt, und jetzt dreht er sich zu mir und küsst mich und sagt, »ich muss heute in die Stadt«. »Wie meinst du das?«, frage ich. »Nur für ein paar Stunden«, sagt er, und ich schaue ihn an und verstehe immer noch nicht, was er meint. »Das ist eine alte Verabredung«, sagt er, »von lang bevor das alles hier passiert ist.« »Musst du wirklich?«, frage ich. Ich versteh's nicht. Auch ich hab mal ein Leben gehabt, oder zumindest was in der Art, aber das ist doch lange her, das hat nichts zu bedeuten. Und jetzt steht er auf und zieht sich an und geht aus dem Haus, und ich bleibe im Bett liegen und hole Luft und denke, jetzt ist es vorbei, und zwei Stunden später kommt er zurück und zieht sich aus und legt sich nackt zu mir unter die Decke, und ich kann nicht glauben, dass es passiert ist.

Ach, ich wollte, dass es dauert und dauert und nie aufhört, und wir für immer darin, nur wir zwei, dass die Zeit nie wieder zu vergehen beginnt. Und jetzt war's passiert, und es war nichts, und ich glaube, ich hab es ihm nie verziehen.

Eines Tages kam ein Brief, ich öffnete ihn und las, ich sei eingeladen, eine Woche in einem Pförtnerhaus auf einem Gutshof auf Langeland zu wohnen, ich bekäme die Reise bezahlt, es solle mich nichts kosten, alles, was ich in der Woche zu tun hätte, sei, einen Text über eine Skulptur zu schreiben, ein Stück »land art« im Gutshofpark. Ich zeigte ihm den Brief, und er sagte, »warum nicht«, und so schrieb ich zurück, wir kämen gerne. Und dann, zum ersten Mal, reisten wir zusammen in die Welt hinaus. Langeland im Winter, der Gutshof mit dem Park und der Blick auf das Südfünische Inselmeer, es muss schön gewesen sein, und ich hätte es sehen sollen, aber ich erinnere mich nur an uns. So ist sie, die Verliebtheit, sie will die Welt erobern und findet nur sich selbst. Das Pförtnerhäuschen hatte zwei von einer Glasflügeltür getrennte Stuben, und jeden Vormittag saßen wir von den Scheiben getrennt jeder an seinem Tisch und schrieben an demselben Text, der der Welt unsere Liebe zeigen sollte. Wir waren außerstande, ein Wort zu schreiben, jeder für sich warteten wir bloß auf den Augenblick, wo wir den Kopf drehen und ungesehen den anderen sehen könnten, völlig verschlungen von der Schrift, die selbstverständlich wir war. Und jedes Mal merkte es der andere augenblicklich und sah auf, und unsere Blicke trafen sich, und wir senkten den Blick und sahen das weiße Blatt schwindeln und schwanken und schwarz werden.

An einem Nachmittag gingen wir über die Felder, Januarfelder unter einem niedrigen grauen Himmel, es waren Kiefers Felder, Nachkriegsfelder, die Welt nach der Welt, der Winter, der kein Winter mehr sein mag, der Schnee, der nicht länger erträgt, Schnee zu sein, dieser Wankelmut, die Welt als Wrack, als Aas, ein schmutziges, zerfressenes weißes Gewand, aus dem Knochen, Knorpel, braunes Blut, schimmernde Stoppeln und Lehmklumpen, Feuerstein, verrottende Rinde, Beeren, die nicht mehr rot, sondern saure Fäulnis sind, ragen. Wir kamen runter zum Strand und sahen hinaus auf das Meer, das ebenfalls grau war und ohne Horizont, niedergehalten vom Eis, von großen dunklen Seen bedeckt, die nichts spiegelten. Und da, vielleicht zehn Meter weit draußen, saß ein alter Schwan im Eis gefangen. Und sang. Nie habe ich einen derart unheimlichen Gesang gehört, so grauenvoll, so schön. Schwanensang. Todessang. Es war keine Klage, kein Schrei, kein Ruf, kein Hilfeflehen. Es war jenseitig, der Gesang von der anderen Seite, der lebende Tote, der singt. Eurydike? Vielleicht. Es war nicht von dieser Welt. Es war mythisch. Und einen Augenblick lang glückte es. Wir vergaßen uns selbst.

Warum ich dir das erzähle? Die Welt nach der Welt, ein Schwan, der singt. Weil es nichts mit uns zu tun hatte. Zum ersten Mal seit der Nacht, in der wir uns kennenlernten, erlebten wir etwas, das größer war als wir. Etwas, das uns zu nichts machte. Zusammen.

Wir kehrten dem Schwan den Rücken und gingen über die Felder zurück zum Haus und setzten uns jeder auf seine Seite der Glastür und schrieben. Zusammen? Ich weiß nicht. Zwei Menschen können sich begegnen und sich verlieben und sich hingeben und ineinander verschwinden und zusammen ein neues, drittes Leben schaffen und sich eines schönen Tages vielleicht sogar lieben. Aber zusammen einen Text schreiben? Die Verliebtheit hat keine Sprache, sie ist ein Tier, sie ist das Theater der Grausamkeit, sie ist an der Grenze zum Wahnsinn, sie ist das Sublime und unfähig, sich auszudrücken. Erst lange später, wenn alle Hoffnung verloren ist und es euch in gewissem Sinn nicht mehr gibt, wenn ihr tot seid, lässt sie sich erzählen.

Plötzlich sind wir zurück in der Stadt, wie Engel, wir schweben über ihr, zusammen haben wir einen Text geschrieben, wir sind von den Musen, dem Sublimen vermählt, alle Welt soll es wissen und unser Glück teilen. Ich rief meine Freundin an und lud sie zum Abendessen ein, sie sollte auch das Glück lieben und kennen, das wir als die ersten Menschen der Welt gesehen hatten, drum lud ich noch einen etwas älteren Dichter dazu, den wir eigentlich nicht kannten, aber es musste ein Dichter sein. Eigentlich war er im Exil, dieser Dichter, wie wir; auf der anderen Seite des Planeten, in einer völlig anderen Welt, hatte er Frau und Kind, aber einmal im Jahr kehrte er zurück in die Stadt, einen ganzen Monat lang zog er schlaflos um die Häuser, trank und redete manisch. Er war der erste und immer noch fast einzige Dichter, den der Junge, der eines Tages dein Vater werden sollte, gelesen hatte, »Erwache, Geist! Regne, Wort! Schmilz, Wand!« entfuhr es ihm manchmal, wenn wir uns geliebt hatten und nackt nebeneinanderlagen und aufsahen in das eine Jetzt, das alles war, was war, und ich wusste, meine Freundin hatte mit ihm geflirtet, mit dem Dichter, einmal nachts in einer Kneipe. – Komm!, sagte ich. – Ich dachte, du hast mich vergessen, sagte sie, und auf einmal hörte ich es: Ich hatte sie im Stich gelassen, in der Nacht, als er sich am Tresen zu uns hinabgleiten ließ, war sie aus meinem Leben verschwunden. – Nein, nein, sagte ich, nie im Leben. Ich wollte nie, nie zurück in die Welt, auch jetzt nicht, ich wünschte, sie würde aus ihr herausfallen, wie ich, nicht ihr Glück, meins sollte sie erleben. – Komm, sagte ich, ich mach Abendessen. – Allein komm ich nicht, sagte sie. – Du bist nicht allein, sagte ich, es kommt noch einer. – Wer?, fragte sie. – Du wirst schon sehen! Ich zog mein jadegrünes Seidenkleid an, schwarze Nylonstrümpfe und hochhackige Schuhe, ich kaufte zwei Flaschen Wein im Weingeschäft gegenüber der Kirche und öffnete eine davon, schenkte ein Glas ein und trank aus der Flasche, während ich meine Pasta mit Lachs-Sahnesoße machte, die kleine altblaue Küche flackerte und schwankte im Schein der Kerzen, die ich ins Wohnzimmer trug und auf den hellen Buchentisch stellte, um den wir saßen, meine Freundin und der Dichter hatten je eine Flasche dabei, wir entkorkten sie und schenkten kreuz und quer ein, dass der Abend überfloss, oh, der Wein, dieser Rausch, und die Schrift, das Begehren, wenn es sich plötzlich entfesselt, ich werd so frei, plötzlich konnte ich ohne Hemmungen lachen und tanzen, flirten, mir das Kleid runterreißen und mich vögeln lassen, nicht von egal wem, aber dieses schreckliche fast. Ich knallte die Flasche auf den Tisch und sah das Fremde in seinem Blick und jagte die Beherrschung zum Teufel, wir tranken, und wie, meine Freundin, der Dichter und ich, wir redeten lauter und lauter, und er, der Junge, der mal dein Vater werden sollte, trank auch, aber nicht hemmungslos wie wir, oh, er war so verflucht beherrscht, ich hätte es sehen sollen, und ich sah es, aber da war es zu spät. Er ist mit der Freiheit geboren, er leidet an Grenzenlosigkeit, er wacht auf als Chaos, und jeder Moment ist ein Versuch, Kontrolle zu bekommen und die Ordnung zu schaffen, die ihm das Leben möglich und das Leben mit ihm unmöglich macht. Und ich sah es nicht, ich war betrunken vor Verliebtheit, vom Wein, und um Mitternacht ließen wir alles stehen und liegen und stürzten unser Gelächter das Treppenhaus runter (»hinter der Tür da ist der Doppelmord im Peter Bangs Vej passiert«, hörte ich das Echo meiner Stimme schrillen) und in ein Taxi, das uns durch die Stadt fuhr, plötzlich sind wir in einer Kneipe, Schweiß und Rauch, ein Karaoke-Monitor, Gesichter zerfließen zu Farben und verzerrten Stimmen, und wir stimmen ein, wir drei, wir rasen uns heiser, wir, wer immer das ist, sind außer uns, und er ist mit dabei, aber ohne sich gehen zu lassen, loszulassen und zu stürzen, ins Jetzt, steht er wie außen vor und betrachtet uns, und ich seh es, und es irritiert mich, und ich will's nicht sehen, und es darf nie passieren, doch das tut's, ehe wir es ahnen, treiben wir auseinander, entfernen uns in unsren Blicken, plötzlich weiß ich nicht, mit wem ich grad tanze, die Zigarette, die ich rauche, wo kommt die her, der Lippenstift an dem Glas, aus dem ich trinke, ist das meiner, und was ist da im Glas, die Pupillen verengen und weiten sich, plötzlich steht er vor mir, und ich rufe seinen Namen, als wär er ein Fremder. – Was?, sagt er. – Egal was passiert, lass uns immer Freunde bleiben!, rufe ich. Er sieht mich an. Und vielleicht ist es da schon passiert, aber früher oder später musste es passieren, die Verliebtheit ist unmenschlich, isst Seele auf, am Schluss kriegst du keine Luft, ich wusste nicht, was ich tat, ich konnte nicht anders, »egal was passiert, lass uns immer Freunde bleiben!«. Er sieht mich an, sein Blick ein Abgrund, der in die eigene Tiefe stürzt, er löst sich vor meinen Augen auf, und erst lange später verstand ich, er war fort.

Vergib ihnen, denn sie wissen nicht, was sie tun, sagt Jesus. Die Tiere tun, was sie können, und das hält die Welt im Gleichgewicht. Die Menschen tun nicht bloß, was sie können, sondern auch, was wir nicht können. Wir erfinden Dinge, die wir nicht verstehen, plötzlich sind sie da und jenseits unserer Kontrolle, unbegreiflich, das Feuer, die Schrift, die Bombe und das Mobiltelefon. Und am schlimmsten von allem: die Sprache. Wo kam sie her? Haben wirklich wir sie geschaffen, oder Gott, der tot ist und nie existiert hat? Was rede ich da? Ich verstand es nicht. Ein Satz kann einen Menschen töten, die Sprache schafft und zerstört, »egal was passiert, lass uns immer Freunde bleiben!«. Warum sagte ich das? Wie konnte ich nur? Es war gedankenlos. Es kam einfach. Wie ein Schrei. Ich hielt es nicht aus. Es war zu heftig. Zu intensiv. Ich war am Ersticken, die Verliebtheit ist unmenschlich, zu rein, plötzlich muss man ihr einen Kratzer, eine Schramme versetzen, sie menschlich machen, damit wir Luft kriegen und in der Welt sein konnten, zusammen und jeder allein, wie die Leute hier um uns, lieber Himmel, sie tranken und sangen falsch, sie vögeln mit dem Nachbarn, sie leben, und wie, saufen und sterben, die meisten Menschen werden geboren und schlingern mehr oder weniger zielstrebig durchs Leben, unterwegs kriegen sie Pickel, ein Zeugnis, einen Job, einen Burn-out, ein paar Kinder und ein Auto, and that's it. Vergib ihnen, denn sie wissen nicht, was sie tun.

Das Manuskript, das er rückwärtskriechend, den Kopf angehoben wie eine Schlange, aus den Flammen zog, war ein Theaterstück. Es – ihr lebendiger Tod – wurde sein Durchbruch. Im Jahr drauf wurde es am Königlichen Theater aufgeführt, zehn Szenen, zehn Zufallsbegegnungen zwischen fünf einander fremden Menschen, je zwei und zwei, Angesicht zu Angesicht, ihrs verzehrten die Flammen, sie wurde zu niemand. Oudeis, hieß er, eine der fünf Personen auf der Bühne, ein junger Mann, wie er selbst, der die letzte Konsequenz jeder Bewegung sucht. Eine Sommernacht auf einem Friedhof mitten in der Großstadt, fünf auf je ihre Weise verlorene Menschen, die um das Feuer kreisen, es ist das Zentrum des Stücks, das Feuer, als hätte er, dort, am Ende des dunkel lackierten Tischs tief in der Grotte mit Blick auf die Provence-Ebene und Petrarcas geschälten Berg, vorausgesehen, was geschehen würde, vielleicht war es kein Pakt mit dem Teufel, aber er war derjenige, der das feuchte weiße Handtuch, das sie ihm hingelegt hatte, über die Lampe geworfen und, während er draußen in der Kochnische stand und in seinem soliden Französisch mit ihr plauderte, in eine Fackel verwandelt hatte, es war vielleicht nicht mit Absicht, aber es war sein Traum, die Vision, die er in einem Schauspiel formulierte, dessen point of no return ein Opfer ist, ein junger Mann, der Amnesier, aus einem vergessenen Land, der sich anzünden und in der Nacht verbrennen will, damit die Welt und die Menschen ihn endlich wahrnehmen, und in ihm sein Volk. Während die Flammen ihr Gesicht verzehrten, zog er als Schlange an ihren Füßen das Manuskript aus dem Feuer, und in dem Programm, das dem Publikum bei der Premiere ausgehändigt wurde, waren die verkohltesten Seiten abgedruckt, – schau!, sagte er. Was sollte ich sagen? – Woran denkst du? – Die Bibliothek von Alexandria, sagte er, in einer Nacht geht eine ganze Zivilisation in Flammen auf, von Sprache zu Asche, von Mensch zu Tier! – Und sie?, fragte ich. – Wer?, sagte er. Ach, Eitelkeit, es ist nicht gerecht, ich weiß, er war so jung, so fürchterlich menschlich, verloren in seinen Traum von einer anderen Welt, seinem Willen zu etwas, das größer oder vollkommener ist als das, was halt ist. Und er war nicht allein. Ich war ja auch da. Ich sah, wie er das Handtuch über die Lampe warf und aus dem Schlafzimmer ging. Ich sah es, und ich ließ es geschehen. Und das Manuskript war nicht das Einzige, was wir aus den Flammen retteten. Es gab etwas Größeres: das Leben. Als ich neben ihm auf der Treppe lag und sie wimmernd in den Flammen umhertaumeln sah, die wie Engelsflügel aus ihrem Rücken emporschlugen, die Hände vorgestreckt wie die Prinzessin in dem brennenden Kleid, das Medea ihr als Hochzeitsgeschenk gab, trug ich es schon in mir. Das Gesicht der Verliebtheit. Ich wusste es. Er noch nicht. Wenn ich wählen müsste zwischen ihrem Gesicht und ... Nein! Das ist unmenschlich! Doch ich tat es, ich traf eine Wahl, ich stand nicht auf und machte die drei, vielleicht fünf Schritte ins Feuer und zog sie raus. Das war mir zu riskant. Ich hatte Angst, das Leben zu verlieren. Nicht meines. Dich.

Als ich rauskam, waren die Straßen verlassen. Windstille, Frost, die Welt war verklärt, jedes Ding verdeutlicht in seiner Besonderheit, die Häuser, ihre Erker, Fallrohre, die klare Linie eines Dachs gegen den schwarzen Nachthimmel, die Autos entlang der Straße, so still, leer, weißer Reif auf den Scheiben, eine an glitzernden Drähten hängende Ampel schaltet langsam von Rot zu Gelb zu Grün. Er lehnte mit der Stirn gegen die Mauer, lange, schleimige Fäden hingen ihm aus den Nasenlöchern und dem halb offenen Mund, baumelten, tropften und trafen die Gehwegplatten, von denen Dampf aufstieg und über den Gehweg auf die Straße trieb. Ich wollte die Arme um ihn legen und ihn halten. Aber ich konnte nicht. Von dem Augenblick, als er sich am Tresen in mein Leben hinabgleiten ließ, hatte eine Bewegung die nächste aufgetan und uns geleitet. Jetzt war alles, jede Bewegung, unmöglich. Er war unberührbar.

Gibt es den fatalen Augenblick, den Augenblick, wo es plötzlich passiert ist und nichts wieder werden kann wie früher? Wo die Bewegung, in die du dich verliebt hast, auf einmal die Bewegung ist, die du schlicht nicht erträgst, du konntest nicht genug kriegen, und jetzt musst du wegschauen.

– Nie wieder, flüsterte er, versprichst du's? Ja, flüsterte ich und verstand, dass ich ihn nicht verstand und dass das war, was ich begehrte, – nie wieder, flüsterte ich. Wir lagen ineinander verschlungen auf meinem grünen Sofa im Erker und atmeten den Atem des anderen, nie wieder, wir müssen achtgeben, uns nicht verlieren, nicht einen Augenblick, die Nacht, die Stadt, das Leben ist ein einziger großer Verrat, alles da draußen kann uns egal sein, nichts ist unentbehrlich, nein, sagte ich, ja, sagte ich, ich schwöre, ich tu's nie wieder. Den ganzen Tag und die Nacht und die Tage und die folgenden Nächte lagen wir wieder dort unter der orangefarbenen Decke auf dem Sofa, in Flüstern und Schweigen, auf die Stille horchend und das dösige Rauschen des Verkehrs unten vom Peter Bangs Vej. Dann und wann schlagen wir ein Buch auf, nicht jeder seins, das wollen wir nicht riskieren, nie wieder sich jeder einzeln verschlingen lassen und in eine andere Welt verschwinden, nie im Leben, wir lesen abwechselnd dasselbe Buch, trinken aus demselben Glas, essen vom selben Teller, immer das gleiche Scheibenbrot aus der Tüte, den gleichen Bohnenaufstrich aus der Dose, die gleiche geriffelte Rote Bete aus dem Glas im obersten Fach des Kühlschranks, der nachts so verrückt leuchtet, wenn wir ihn aufmachen, die gleichen Kekse und den gleichen Weißwein aus des anderen Mund, wenn wir endlich aufstehen, sind wir gleichermaßen nackt und ziehen die Morgenmäntel an, jeder seinen, aber es gibt fast keinen Unterschied, es sind ja unsre, das Geschenk der Verliebtheit an uns, die gleichen frederiksbergbourgeoisen Streifen, grau, dunkelblau und bordeaux. Alles ist gleich. Bis auf die Geschlechter. Das ist das Sensationelle, das Ereignis, der Rausch, die Sprengung des Selbst und der gemeinsame Sturz hinauf ins Ungeahnte. So ist sie, die Verliebtheit: Todesverachtung, Hochmut, Unbesiegbarkeit, und im nächsten Augenblick der Sturz ins Leere, die kleine Ängstlichkeit, das große Zittern, zwei hilflose Neugeborene, nackt, gerade zur Welt gekommen, ich schwöre, wir gehen nie wieder raus.

Und plötzlich müssen wir doch raus, trotz allem! Die Verliebtheit will alle Welt entdecken und sie sehen, wie sie nie einer sah, sie erobern und sich zu eigen machen. An einem frühen Morgen im Januar fahren wir mit der Fähre nach Oslo und von da mit dem Bus weiter hoch ins Gudbrandstal. Wir schließen eine Hütte auf, und im Lauf des Morgens in völliger Dunkelheit schnallen wir die Skier an und gleiten los, als die ersten Menschen sehen wir, wie alles bei Licht entsteht, so einfach, der Schnee so blendend weiß, dass er aufhört, Schnee zu sein, und die Landschaft reine Form, Fläche und Welle wird ohne Zeit. Die einzige Bewegung in der neuen Welt sein, zusammen, gleitend unsre Spur hinausziehen ins Nichts, so einfach, der Atem, der in der Wiederholung eine stille Musik wird, ein Puls, der vollkommen dem des Bluts und dem Stechen der Stöcke in die Fläche, den gestrichelten Linien hinter uns auf beiden Seiten der Spur entspricht, die Wärme im Körper, die Feuchte des Atems in der kratzigen Wolle des Schals, zusammen mit einem Mal und genau im richtigen Augenblick stillstehen, die weiße Atemwolke aus dem Mund des anderen aufsteigen sehen, den Rucksack abziehen, die Handschuhe, den Frost die Haut beißen spüren, den Rucksack aufmachen und das Esspaket rausholen und das Brotpapier aufwickeln und es sehen, das Wunder, so einfach, zwei Scheiben Brot mit Braunkäse und der Apfel, den wir uns teilen. Sich danach küssen in der Stille im Schnee, die Wärme und Feuchte der Lippen, sie teilen. Oh, ihn die Steigung erobern sehen und den Gipfel erreichen und sich umdrehen und mich sehen, wie kein Mensch je gesehen wurde, die Eine und Einzige, hier ist niemand sonst, es soll nie jemand anderes kommen, nie andere geben als uns.

Am Abend liegen wir verschlungen unter der Decke in der kleinen Stube, noch feucht nach der brühheißen und schamlos langen Dusche und hören das Frostdunkel im Gebälk knistern und lesen Gedichte von Søren Ulrik Thomsen, deren kristalline Arabesken vollkommen dem Universum und uns entsprechen, so diamantgeschliffen perfekt, dass sie allein der Inspiration eines Augenblicks entsprungen sein können, ehe du dich's versiehst, ist es geschehen, und das Werk gehört nicht dir, es gehört der Welt! Und dann schüttelt er den Kopf, – nein, sagt er, es ist zu perfekt, das ist die totale Kontrolle, es zeigt nicht das Leben, es zeigt nur ihn selbst, eine Statue des Dichters, auf dem Marktplatz zur Schau gestellt. – Warum?, flüstere ich und schließe die Augen und weiß, er hat recht. Ich konnte es nicht ertragen, es durfte keinen Zweifel geben, kein dösiges Rauschen vom Verkehr unten in der Dämmerstunde, keine Telefone, die klingeln, und jemand ist tot.

Nach unserer Rückkehr dachte ich, das Leben würde weitergehen wie früher, Verliebtheitsrausch, dort, in der Wohnung im Bett in der Stube auf dem grünen Sofa unter der orangefarbenen Decke im Erker in der altblauen Küche, Räume ohne Zeit, eine andere Welt mitten in der Gegenwart und außer ihr. Ein paar Wochen vor unserer Begegnung hatte ich meinen dritten Roman rausgebracht, jetzt war ich leer, es war, als hätte ich, ohne es zu ahnen, mein Leben hinter mir gelassen und mich ihm geöffnet. Für mich würde es nie mehr etwas anderes geben als uns. Und eines schönen Tages würde ich wieder anfangen zu schreiben, aber hier, in seiner Nähe, nebenan, nur von ihm getrennt durch die weiße Flügeltür, hinter der er an seinem Theaterstück sitzt. Das würde die einzige Trennung, der einzige Unterschied sein. Die Schrift und das Geschlecht, die jeweils einander entsprechen. Doch schon am ersten Abend spürte ich etwas Neues in ihm, eine Rastlosigkeit, die mir fremd war. Am nächsten Morgen stand er auf, sah mich an und sagte, er müsse fort. Wohin?, fragte ich, für wie lange? – Das weiß ich nicht, sagte er, eine Weile, nur eine Nacht, vielleicht. Er zog sich an und ging die Treppe runter in den Hinterhof, vom Schlafkammerfenster sah ich ihn aufs Fahrrad steigen und durchs Tor fahren.

Er hatte eine kleine Wohnung drüben in Christianshavn, zwei Zimmerchen, eins davon mit Blick runter auf Christiania und weiter auf Amager. An einem Abend, als wir meine Mutter in ihrer Wohnung in der Sankt Peders Stræde besucht hatten, waren wir weitergeradelt und hatten die Nacht und den nächsten Vormittag dort gemeinsam verbracht, in Christiania waren wir ein halbes Honig-Salz-Brot kaufen und bekamen es in der Pusher Street, die voll Schneematsch war und nach Hundescheiße stank und dem bitteren, beißenden Rauch von Joints und dem Feuer in den Ölfässern, um die breitbeinig die Dealer standen und sich die Hände wärmten, durch die Luke gereicht und aßen es mit Butter im Bett, den Rücken an die Wand gelehnt, und sahen die Flugzeuge blinkend im Dunkel über Amager aufsteigen. Eine schöne kleine Wohnung, nur verstand ich nicht, was er dort wollte, was er nicht auch hier machen konnte, zusammen mit mir. Hier war Platz für uns beide, zweihundertacht Quadratmeter, eine ganze Welt. »Eine Nacht, vielleicht«. Was sollte dieses vielleicht bedeuten? Es war wie eine Tür, die er offen gelassen hatte. Offen wohin? Als betrachtete er mich doch nicht als gegeben. Als gäbe es irgendeinen Zweifel. Eine gemütliche kleine Wohnung hatte er da, aber sie barg gleichzeitig etwas Beunruhigendes in sich, etwas, das an ihn als Fremden gemahnte, etwas, dessen ich mir nicht sicher sein konnte. Dieselbe Rastlosigkeit, die ihn trieb, aufzustehen und zu sagen, er müsse fort. Diese Abwesenheit im Blick, als könnte er nie ankommen, nie Ruhe finden, nie glücklich werden und im Übrigen auch nicht glücklich sein wollen, eine Art Selbstauslöschung. (Später, in den Monaten vor deiner Geburt bekam er einen seltsamen, juckenden Ausschlag an der Stirn, wie ein Stigma (wenn er sich ein paar Tage nicht rasiert und noch keine Stoppeln hatte, bloß einen schwachen Schatten, sah ich plötzlich Jesus und sah weg), er ging zum Arzt, danach zu einem Akupunkteur, und eines Tages klingelte ein Homöopath an der Tür, ein schludrig gekleideter Mann mittleren Alters, der mit dem Zug aus der hintersten Provinz angereist war und den leicht verwahrlosten und nicht mehr ganz jungen einsamen Männern ähnelte, die zwischen zwei Käffern auf ihrem Moped mit einer Milchkiste hintendrauf an dir vorbeifahren, bückte sich und schnürte sorgfältig seine Schuhe auf, zog sie aus und stellte sie ebenso sorgfältig mit den Spitzen zur Wand rechts neben den Eingang und schlurfte ihm auf Strümpfen mit dem Zischen einer Schlange hinterher ins Wohnzimmer und setzte sich (noch immer im Wintermantel) hin und besah aufmerksam seine Stirn, hob eine magere Hand und befühlte den roten Ausschlag und machte Bilder davon mit einem billigen Fotoapparat und stellte ihm die seltsamsten Fragen, »wie vertragen Sie windiges Wetter?«, »ich liebe Spaziergänge am Meer im Winter, wenn der Strand verlassen ist und es fast stürmt«. Ein paar Wochen später rutschte ein Umschlag durch den Briefschlitz, darin einige selbst fabrizierte Ampullen mit etwas, das bloß aussah wie brauner Staub, den er jeden Abend mit einem Glas Wasser runterspülte, bis die Ampullen alle waren und der Ausschlag auf seiner Stirn natürlich noch genauso rot war und juckte, es lag ja nicht am Wind, um mich, mein Begehren ging es, die Angst, sich ganz hinzugeben und zu riskieren, dabei zu verschwinden.) Vier Jahre hatte er in der Wohnung gelebt, aber es war, als wäre er nicht eingezogen, das Bett, auf dem wir saßen und die quadratischen Scheibchen Honig-Salz-Brot mit Haselnüssen und Butter verzehrten, war kein Bett, bloß eine alte stockfleckige Matratze auf einer über zwei Kisten gelegten Spanplatte, die er, wie er sagte, am ersten Tag drunten in Christiania gefunden und hochgetragen hatte. Es gab kein Bad, nicht mal eine Handbrause, zweimal in der Woche ging er in Christiania ins Badehaus, wo – das hatte ich im Vorbeigehen durch die kleinen beschlagenen Stallfenster gesehen – Männer und Frauen gemeinsam nackt in den Dämpfen umherliefen. Die Toilette bestand aus einer weißen Schüssel in einem Schrank gleich neben der Tür, um

Mitternacht, als wir schlafen gehen wollten und ich mich auf das kalte schwarze Brett setzte, rutschte es zur Seite, sodass ich mit den Knien gegen die Schranktür stieß, die dünn war wie eine Spindtür, und ich bat ihn, runter auf die Straße zu gehen, nur zehn Minuten, sagte ich, solang ich auf der Toilette bin. Er lachte bloß hinter der dünnen Tür. Worüber? Über mich? Meine Eitelkeit?

Ich befürchtete das Schlimmste, ohne zu wissen, was es war, und das war das Schlimmste. Die Herrschaftswohnung, die meine gewesen war, bestand plötzlich nur aus endlosen kalten Korridoren mit Türen zu Zimmern und Kammern, von denen ich vergessen hatte, dass es sie gab. Ich verzog mich in die kleine Schlafkammer und kauerte mich mit allen Kleidern am Leib unter die Decke und fror trotzdem. Und auf einmal bekam ich keine Luft und richtete mich im Bett auf und öffnete das Fenster zum Hinterhof, und der Januarnebel strömte herein, nasskalt und tuberkulös. Es gab plötzlich keine Zukunft, ich war eifersüchtig auf seine Einsamkeit, seine eigenen Gedanken, die er nicht mit mir teilte, woran dachte er? Die Dämmerung war endlos, und der Tag, der kommen sollte, kam nicht. Und plötzlich hörte ich den Schlüssel im Schloss, die Tür ging auf, und da stand er. Einen Augenblick sahen wir uns nur an, dann zog er seine Sachen aus, schmiss sie hin und kroch nackt zu mir unter die Decke. Oh, dieser Augenblick, er machte nicht bloß alles wett, er machte es besser. Einander entrissen gewesen sein, von der Unruhe, der Welt ausgeliefert, und trotz allem überlebt haben und zueinander zurückfinden und sich wiederbegegnen, unberührt. Und er nahm mich, nahm mich zurück, heftig, gierig, ohne Zweifel, und wir liebten uns, als wär's endlich das erste Mal.

Und der Frühling kam, und der Sommer, wie's eben geht, ob wir wollen oder nicht, und wir wollten, denn die Jahreszeiten sind außerhalb der Geschichte, ein Rad, das sich dreht in dem expandierenden All, in dem wir so winzig sind, und plötzlich war ein Jahr vergangen seit der Nacht unsrer ersten Begegnung, und am Abend vor dem Jahrestag ging er aus dem Haus – zum letzten Mal, sagte er, morgen will ich dir wiederbegegnen, dort, an der Bar im Planetarium.

Am nächsten Nachmittag nahm ich ein Bad, trocknete mich ab und zog den Slip mit den kleinen grünen Rosen mit den verblassten Blättern an, die schwarze Strumpfhose, den schwarzen BH, das grüne Kleid und die schwarzen Schuhe, die ich in der ersten Nacht getragen hatte, und zehn Minuten vor der Zeit stand ich schon an der Bar als das kleine Mädchen, das ich nie wieder werde, schwerelos vor Erwartung, was nun geschehen würde. Und auf den Schlag genau tritt er ein und kommt auf mich zu, und sein Blick, wie er mich sieht, sein Sphinxlächeln, und ich hätte es durchschauen sollen als das Theater, das es war, seine Vorstellung von einer anderen Welt als der gegebenen, aber ich war bloß und wollte nichts anderes. Und er bleibt vor mir stehen, und das Universum hält den Atem an, und ich glaube, er will mich küssen, aber stattdessen sinkt er auf die Knie und nimmt meine Hand, und dann stellt er mir die Frage, und ich sag Ja ohne Zögern oder Zweifel, beinah wie eine Puppe, und meine Stimme ist so schwach, als wollte ich nicht, dass sie sonst jemand hört, – Ja, flüsterte ich, und es war banal und verwandelte uns in jedermann, in dem Moment waren wir endlich wie alle anderen und Hunderttausende vor uns. Aber plötzlich war es das, was ich wollte, und mehr als alles andere: die Liebe, die Welt und die Zeit, die vergeht, und eines schönen Tages, wenn die Zeit reif ist, das Kind, ja, dich. – Ja, flüstere ich. Als wär's das, wonach er mich fragte. Als wär's auch das, was er wollte, die große Verwandlung, von der Ausnahme in das, was bloß eine Zeit lang dauern und verschwinden wird. Wie alles andere. Das Gewöhnliche, das den größten Mut verlangt und sich nicht einfach von selbst ergibt. Den Alltag. Das glaubte ich. Und glaube es wieder, jetzt, nach all den Jahren. Er wollte wirklich. Aber er konnte nicht. Was? Leben.

Doch vielleicht war es bloß noch ein sublimer Augenblick im Theater der Verliebtheit. Vielleicht wollte er bloß das, mehr nicht. Er stand auf, und ich bestellte Drinks, wir mussten das feiern, hier, an einem gewöhnlichen Mittwochnachmittag im beinahe leeren Planetarium, was es halt gab, etwas vulgär Grellrotes, klebrig bitter und viel zu süß, an dem wir schweigend, verlegen nippten. Was jetzt? Es war, als müsste der Rest von allein geschehen: Das Planetarium verwandelt sich in eine Kirche, der Pfarrer schreitet herein, wir knien, »Ja« und »Ja« und beinah im selben Moment du und die Taufe, und sie lebten glücklich bis ans Ende ihrer Tage.

– Lass uns zusammen verreisen, sagte er. – Ja, sagte ich, warum? – Irgendwohin, wovon keiner von uns geträumt hat; bevor es plötzlich zu spät ist. – Was meinst du, sagte ich, zu spät? Er sah durch mich hindurch in die Ferne. – Afrika, sagte er.

Am Abend vor unserer Abreise traf ich mich mit meiner Freundin in einem Café. Wir aßen einen letzten Salat und tranken Rotwein und lachten, und mit jeder Minute wuchs die Furcht, – ich will nicht, flüsterte ich und lachte. Ich stand auf und bekam Atemnot und ging in den Kiosk nebenan und kaufte eine Schachtel Zigaretten und kam zurück und setzte mich und ließ den Salat stehen und rauchte eine

Zigarette nach der anderen, – ich mach's nicht!, rief ich und hatte Rotweinzähne, als ich tief in der Nacht schwankend und nach Rauch stinkend im Zimmerdunkel über ihm stand, – ich komm nicht mit!

Vom Schriftstellerverband hatte ich die Adressen einiger afrikanischer Schriftsteller bekommen, in Kapstadt, in Johannesburg, in Nairobi, und ihnen geschrieben und gefragt, ob wir sie treffen oder vielleicht sogar bei ihnen übernachten könnten. Wir flogen einen Tag und eine Nacht, und dann waren wir in Kapstadt, es war Herbst, und wir saßen auf einer Bank in einem blühenden Park mitten in der Stadt, und eine junge obdachlose schwarze Frau mit einem Baby im Arm kam zu uns und stand lange da und sah uns träge an und streckte die Hand aus, und er gab ihr den letzten Rest von dem Pumpernickel für unseren Flug, und sie nahm ihn und hielt ihn hoch und sah ihn an und drehte und wendete ihn und schleuderte ihn auf den Boden. Die ersten Nächte wohnten wir bei einer Schriftstellerin und ihrem indischen Mann in einem Coloured Township etwas außerhalb der Stadt, am Morgen gingen wir eine Runde auf den Schotterwegen zwischen den Hütten spazieren und blieben stehen und warfen einen Blick auf den Friedhof, trockene, rissige Lehmerde mit kleinen, schiefen Holzkreuzen, und nachts trommelte der Regen gegen das Wellblechdach. Am Aussichtspunkt auf dem Tafelberg, von dem man rüber zu der Insel sah, wo Mandela gesessen hatte, waren wir plötzlich von Pavianen umzingelt, schreckliche, scheußliche Tiere mit ihren langen, krummen Nägeln und heiseren Schreien und pompösen rosa Hintern. In einem Antiquariat in einer staubigen Seitenstraße im Zentrum, wo alle Menschen weiß waren wie das Licht, blätterte er lange in Thomas Pynchons V und kaufte dann T.S. Eliots The Waste Land in einer lädierten, graublauen Leinenausgabe und lernte im Lauf der Monate auf den vielen tagelangen Busfahrten durch den Kontinent alle fünf Teile dieses modernistischen Untergangsgedichts der westlichen Zivilisation auswendig, und im Lokalzug zurück zu dem Coloured Township und der Hütte mit dem Wellblechdach musterten uns die Teenagerjungs mit einer Verachtung und einem Hass, wie ich ihn mir nie hätte vorstellen können, und zogen ihre Messer im kalten Licht des Abteils, und die schwarzen Mütter drehten die schwarzen Gesichter ihrer kleinen Kinder weg und sahen zu Boden und schwiegen, nichts hatten wir ihnen getan, und nun sollten wir sterben, und es war völlig gerecht.

In Johannesburg war der Schriftsteller schwarz und hatte eine Sonnenbrille und ein bronzefarbenes Auto aus den Siebzigern und bat uns, hinten zu sitzen, als wären wir nicht seine Freunde, sondern Touristen und er unser Chauffeur, – don't talk to me, sagte er, als wir durch den schwarzen Stadtteil fuhren, plötzlich reitet ihn der Teufel, er hält vor einer Kneipe, steigt aus und öffnet die Fondtür, – let's have a beer! Er wohnte jenseits einer unsichtbaren Grenze, unter dem Apartheidregime vor ein paar Jahren war hier ein weißes Mittelschichtviertel, jetzt zog nach und nach die neue schwarze Mittelschicht ein. Das Haus war ein flacher Kasten aus dunkelbraunen Ziegelsteinen mit Zementveranda und einem rostigen Gatter mit dreizehn Hängeschlössern an dicken Ketten vorm Eingang, die sämtlich durch die Gitterstäbe gezogen werden mussten, bevor er uns endlich reinlassen konnte. Abends am Küchentisch baten wir ihn, uns ein paar afrikanische Schriftsteller zu nennen, die wir lesen sollten, er zuckte mit den Schultern, machte ein Bier auf und redete über Joyce und Finnegans Wake. Am nächsten Tag fuhr er uns raus nach Soweto, wo die Straßen Schlamm waren und sein Musikerfreund hinter der Hütte seiner Mutter in einer noch kleineren Wellblechhütte lebte, die innen ein Nachtclub in The Bronx war mit bordeauxrotem Velours, Glastisch und einer Musikanlage über die ganze Rückwand, er köpfte eine Flasche Rum und drehte die Anlage auf, dass die Hütte schepperte, und sein zweiundachtzigjähriger Nachbar kam aus seiner Hütte und tanzte gespenstisch grinsend in dem brutalen Licht. Im Nachtzug nach Maputo hatten wir unser eigenes, schmales Abteil und zogen das Fenster auf in die afrikanische Nacht und liebten uns nackt, und sein Glied stand über mir in dem trockenen Wind wie ein Lichtschwert oder der Oriongürtel, als der schwarze Schaffner eintrat, und ich schrie einen kleinen weißen Schrei und zog das Laken über mich, während er sich schamlos im Dunkel mit seiner weißen Erektion erhob, und der schwarze Schaffner entschuldigte sich und verließ rückwärts das Abteil, eine Freude und Fabel, die wir nicht zu deuten wussten, und hier, über zwanzig Jahre später, weiß ich noch immer nicht, was diese ganze Reise zu bedeuten hatte oder warum ich sie unbedingt erzählen muss, ich weiß bloß, als der Hass alles verzehrte, war sie das Einzige, was blieb und sich nicht mit anderen teilen ließ, sie und das Feuer und im Feuer die Frau mit dem schmelzenden Gesicht. In Upington, einer flachen Provinzstadt mitten in der Ebene, nicht mehr, hatten wir ein kleines weißes Auto gemietet und fuhren nach Norden in Richtung Kalahari, er saß rechts von mir, die Hände am Steuer, und war plötzlich ein Mann und die Landschaft um uns trocken und flach und weiß, und ich kam ins Schwitzen und wand mich aus meinem Slip und spürte den Plastiksitz brennen und meine Feuchtheit klebrig und dick zwischen die Pobacken rinnen, und er schaut bloß geradeaus und nimmt die Linke vom Lenkrad und macht die Finger lang, und meine Schenkel fallen auseinander, und ich leg den Kopf in den Nacken und spür seine trockenen Finger meine Schamlippen spreizen und tiefer in mich gleiten. Im nächsten Moment hält das Auto mitten auf der Fahrbahn an, und er steht draußen, eine schwarze Silhouette, die sich reinbeugt und mich am Oberarm packt und wie eine weiße Hündin rauszerrt ins Licht und umdreht, damit ich ihn nicht sehen kann, und es ist ekelhaft erregend und banal, aber wahr, mit seinen trockenen Fingerspitzen fasst er den Saum meines weißen Kleids und hebt ihn über die Hüften und stemmt mir die Knie in die Kniekehlen, dass ich auf die brennend weiße Kühlerhaube falle, und packt meine Haare und zieht meinen Kopf mit solcher Gewalt nach hinten, dass alles Feuer wird, und dringt in mich ein und blickt dabei auf sein Imperium, das ist wahr und sollte nicht geschehen dürfen, ein Verbrechen, nicht allein seins, das Verbrechen des weißen Mannes und die Kränkung des Menschenbilds, und als wir Stunden später die Grenze zur Kalahari passieren, ist mir längst klar, dieser spektakuläre Kontinent mit seinen letzten Exemplaren aussterbender Tiere ist keine Sehenswürdigkeit, sondern lediglich die Szenerie für die wunderbare Vulgarität, zwei weiße Menschen in einem weißen Auto zu sein, die anhalten, wo immer sie Lust haben, und aussteigen, die Frau nackt bis auf ihre Sandalen, der Mann in Kakishorts und Hemdsärmeln und völlig besessen von seiner weißen Allmacht und der stillen Forderung der Frau, sich nie hinzugeben und nie zufrieden zu sein. Und mitten im trockenen Dschungel von Mosambik bricht der überfüllte Bus in einer Kette von Explosionen zusammen und steht still, die Zeit endet, keine Bewegung, einzig der uralte Schrei des Kontinents tief aus den Schatten, und langsam, in kleinen Wolken aus Staub über der rissigen Erde treten sie vor in zerlöcherter Kleidung und T-Shirts mit chinesischen und lateinischen Schriftzeichen, und die Männer halten Holzkreuze vor sich mit schwarz gegrillten Hähnen angenagelt wie Gekreuzigte mit verkohltem Gekröse und geschmolzenen Federn, und die Frauen bleiben stehen und reichen Ananas groß wie Säuglinge hoch zu den schmutzigen Scheiben, und unter ihnen ist eine einzelne ganz weiße mit gekräuseltem gelbweißem Haar und rinnenden roten Augen und Haut, die sich wie Psoriasis in trockenen Fetzen schält. Einer nach der anderen erstarren sie, der Staub sinkt langsam zu Boden, und da stehen sie einfach wie Salzsäulen, ausdruckslos, leere Augen, nur der Ruf heiserer Schreie aus den Schatten.

Vom Reservat fahren wir nach Südosten aus der Kalahari, und über Mittag schwindet die Straße zu einer undeutlichen Reifenspur, die sich teilt, und die Sonne sinkt tiefer, und ich frage, ob er sicher ist, dass er in die richtige Richtung fährt. – Ich navigiere nach der Sonne, sagt er, das haben Menschen, Vögel und alle möglichen Tiere schon immer gemacht. Und dann lächelt er und ist plötzlich fremd, und er macht mir Angst, und ich sage, dass er umdrehen und zurück zum Reservat fahren muss, und er sagt, ich soll die Klappe halten, »halt jetzt die Klappe, du Schlampe«, und das ist das Schlimmste, das verzeih ich ihm nie, und ich schreie, dass er anhalten soll, – lass mich raus!, schreie ich, aber er lächelt nur und tritt langsam das Gaspedal durch, und die Kabine vibriert, und ich bin machtlos und werde ganz schlaff, und es ist eigenartig befreiend, wie tot sein und wissen, dass man tot ist, wir verstummen, sein Lächeln versickert, und er starrt auf die Straße, eine Spur im Sand in der Wüste, die sich flach und endlos in alle Richtungen weitet zur Zeit vor der Zeit, und mit langen Zwischenräumen wächst ein kleiner Punkt und wird zu einem der Höfe der armen weißen Farmer mit Veranda und Vorgarten, eine kleine white lie in der Wüste, vom Sprinkler am Leben erhalten, der als einziges Anzeichen von Leben langsam seine glitzernde Fahne hebt und senkt, und etwas abseits, wie ein aus dem Haus geworfenes, stumpf schimmerndes Stück Abfall, die Wellblechschuppen der Schwarzen mit Mist und ein paar ausgezehrten Hühnern drum rum, die ihre Köpfe drehen und schwinden, und dann ist alles wieder wüst, und der Horizont fängt an zu flimmern wie eine Fata Morgana, die aufsteigt und Zacken bekommt, an denen die Sonne zerbirst und hinter ihnen hinabfließt, bis wir endlich begreifen, es sind die roten Berge Namibias, und noch immer gibt es keine Rechtfertigung, dass wir sie jemals sahen.

Es gibt keine Chronologie, kein Davor und kein Danach und anders als im Leben auch keine langsam reifende Erkenntnis, nur eine Route, die man auf einer Karte einzeichnen kann, um sie vor sich zu sehen, Kapstadt, Johannesburg, Kalahari, Maputo, Malawisee, Daressalam, Kilimandscharo, Arusha, Nairobi, doch im Lauf der Jahre ist auch diese Linie die Karte hoch langsam versandet, und übrig ist nur ein Flimmern viel zu verstörender Anblicke, Tage und Nächte, die sich anfühlen, als wären sie andere Leben, jähe Attacken von Fremdheit und dem im Begehren lauernden Hass; es beginnt in einem Park in Kapstadt und endet in einem Hostel in Nairobi, wo ein paar schwarze Schwestern mich verführen wollen, mir mein Haar kräuseln zu lassen wie ihrs, und es fehlt nicht viel und ich sag Ja, aber es könnte genauso gut umgekehrt sein, es gibt keine Erkenntnis, wir sind keine Individuen, nur zwei weiße Pappscheiben, die man über die Bühne zieht, und hier über zwanzig Jahre später weiß ich noch immer nicht, was es bedeuten sollte und was es mit uns gemacht hat.

In Maputo auf den glühenden Platten vorm Bahnhof starren wir auf ein beinloses Wesen, das mit Holzklötzen in den Händen auf einem Brett mit Rädern an unseren Füßen vorbeipaddelt, und als wir aufschauen, steht eine alte weiße Frau (vor lauter Verwirrung sehen wir nicht gleich, dass sie eine Hexe ist) vor uns und sagt, wir sähen aus, als hätten wir uns verirrt und kämen besser mit ihr mit. Sie wohnt in einem schönen alten Haus aus der Kolonialzeit zusammen mit ihrem weißen Mann, einem asiatischen Forscher und einem schwarzen Priester, ein Hexendoktor, wie sie sagt, beim Abendessen falten alle die Hände, auch der Junge, der einmal dein Vater wird, und die alte Frau betet, ohne mich anzusehen, Möge Gott diese junge Frau, die Er gesandt hat, von Sünde reinigen und zu sich nehmen, und mir wird angst, nicht vor dem Herz der Finsternis und dem schwarzen Priester, der von Menschenopfern in den Dörfern im Norden erzählt und ein ausgeblichenes blaues Stück Stoff um mein Handgelenk bindet und in einer schwarzen Sprache Beschwörungen aufsagt, sondern angst vor dem weißen Christengott mit seiner Dornenkrone und seiner verfluchten Qual und Macht über die Menschen und vor der alten Frau und dem schmalen Jungen, der, statt mir zu helfen, bloß mit gefalteten Händen dasitzt und auf seinen Teller stiert und lächelt.

Bei der Durchfahrt durch irgendein Nest tief in Südafrika bremst er plötzlich und lässt den Wagen rückwärts einem jungen, schlaksigen Schwarzen entgegenrollen, der unterhalb einer Ansammlung Blechhütten am Straßenrand steht, ein Bündel über der Schulter und die freie Hand nach unten zur Piste gereckt, ich frage, ob er sicher ist, dass so was hier geht, und er sagt, wenn nicht wir, wer dann, einer muss doch der Erste sein. Er lehnt sich über mich und kurbelt das Fenster runter und fragt den jungen Schwarzen, ob er ein Stück mitfahren will. Erst antwortet der Schwarze nicht, starrt uns nur mit an Furcht grenzender Verwunderung an, als ob wir ein jahrtausendealtes Gesetz oder Abkommen zwischen zwei unvereinbaren Menschenformen verletzt und nicht bloß uns, sondern auch ihn erniedrigt hätten, sein Gesicht ist merkwürdig schief und knochig und glänzend, seine Augen fangen an zu flackern, und er murmelt etwas, das nach einer Mischung aus Dialekt, Slang und Afrikaans klingt, und der junge Weiße, der mal dein Vater wird, sagt, ich soll nach hinten durchkrabbeln, macht die Tür auf und bedeutet dem jungen Schwarzen, dass er einsteigen soll, und er macht es, ohne einen Laut, wie auf Befehl, und der Junge, der später dein Vater wird, gibt Gas und folgt weiter der Straße, eine Zunge aus Asphalt, nicht mehr, endlos und gerade ins Nichts rausgestreckt, keiner sagt was, der junge Schwarze sitzt schräg mit dem Rücken an die Tür gepresst, die eine Hand immer noch um das Bündel zu seinen Füßen geklammert, und sieht abwechselnd auf die Straße und auf uns, der Schreck steckt ihm sichtlich in den Knochen, und alle drei wissen wir, wir haben etwas Fürchterliches getan, es ist zu spät, wir sind gleichermaßen verloren und außerstande, einander zu helfen.

Und eines Abends finden wir uns in einem kerzenerhellten Zimmer in Lissabon zu Beginn oder Mitte des zwanzigsten Jahrhunderts mit wuchtigen Bücherregalen an den Wänden, die gesamte Kultur und Geschichte Europas wegversteckt im dritten Stock eines Betonblocks in den outskirts von Maputo, der Hauptstadt Mosambiks, das längst keine portugiesische Kolonie mehr, sondern eine selbstständige Nation ist, frei, ihre Zerstörung auf eigene schwarze Faust weiterzutreiben, es riecht nach Staub und heißem Stearin, um uns am Tisch ein Paar mittleren Alters und zwei seiner Freunde, melancholisch und durchsichtig wie die Gespenster der Geschichte, gebildet, sanft und auch flüsternd wie Gespenster, Nachkommen der weißen Kolonisatoren, die sich wie alle vernünftigen Teenager und jungen Studenten gegen die Generation und kranke Weltordnung ihrer Eltern aufgelehnt und dem Freiheitskampf der Schwarzen angeschlossen und die Eltern aus der Macht vertrieben und, statt zu fliehen oder ihre Sachen zu packen und zusammen mit den Eltern zurück in das Europa zu reisen, das sie bloß von ein paar Kindheitsbesuchen kannten, beschlossen hatten zu bleiben, nicht in den Villen ihrer Eltern, in bescheidenen Wohnungen in den neu gebauten Betonblocks am Rand der Hauptstadt, um gemeinsam mit ihren schwarzen Brüdern und Schwestern das Land von Grund auf neu aufzubauen, und erst zu spät (aber das war es schon immer, vom Augenblick ihrer Geburt oder Empfängnis, flüsterten sie, war es zu spät, und davor, als ihr »Landsmann« Cristóbal Colón auf einer Insel vor dem Kontinent, den er für Indien hielt, an Land ging) hatten sie begriffen, dass sie unerwünscht waren, ihre schwarzen Schwestern und Brüder hatten sich nicht nur von den weißen Kolonisatoren, sondern auch von den Kindern der Kolonisatoren und überhaupt allen Portugiesen befreit, sie waren nicht länger Brüder und Schwestern, bloß ein letzter Rest einer vergangenen Zeit, niemand brauchte ihren guten weißen Willen oder ihr besseres weißes Wissen, sie hatten hier nichts zu suchen und auch nirgends sonst auf der Welt, – und ich wusste nicht mal, dass es euch gibt!, hör ich mich plötzlich sagen, und alle vier schauen mich an, ohne Erstaunen oder Zorn, ohne Bitterkeit oder Hoffnung (und natürlich gibt es sie, Gespenster gibt es), und jetzt saßen sie da bloß nachsichtig und resigniert im Kerzenschein mit einer letzten guten Flasche Rotwein inmitten all der vor sich hinstaubenden europäischen Kultur und dem Untergang des Abendlandes, was machten wir da überhaupt, ich weiß es nicht, vielleicht waren auch wir schon Gespenster.

Längst sind wir draußen im Offenen, das kleine Nest hinten verschmolzen mit dem Horizont, um uns eine Art Wüste, flach und endlos und ohne Häuser oder andere Spuren menschlichen Lebens. Ich suche im Rückspiegel Blickkontakt mit dem schmalen weißen Jungen, der einmal dein Vater wird, doch er sieht nur geradeaus, dann plötzlich hebt er den Blick und sieht mir in die Augen, aber ohne mich zu sehen, als wär da niemand auf dem Rücksitz und er ganz alleine mit dem jungen Schwarzen, und auf einmal ist er nicht mehr der schmale Junge, dem ich mein Ja fürs Leben gegeben habe, sondern bloß ein fremder weißer Mann. Ich will schreien und aufwachen, aber es kommt kein Ton, und plötzlich begegnet mein Blick dem des jungen Schwarzen, und es ist pervers, ein Verbrechen, und wir wissen es beide, ich versuche ein Lächeln, doch er sieht rasch runter und murmelt etwas, das klingt wie eine Beschwörung. Alle fünf Minuten oder halbe Stunde wächst ein kleiner Fleck aus dem Fluchtpunkt vor uns und saugt unsere Augen an, als wär er unsere einzige Hoffnung, wächst und wächst und wird ein Auto, das vorbeisaust und hinten verschwindet. Wir sind verloren, wir haben etwas Furchtbares, uns Unbegreifliches in Gang gesetzt, auf einen Schlag hat sich die Geschichte in eine kleine weiße Box zusammengeballt, die in die Wüste hinausschießt und früher oder später in Flammen ausbrechen wird, es gibt keinen freien Willen, wir sind keine Individuen oder Menschen, nur die drei abgedroschensten Klischees der Geschichte, der weiße Mann und der schwarze Mann und die weiße Frau, die wir nie hatten sein wollen. Das Gesicht des Schwarzen glitzert, kleine fette Tropfen Schweiß tröpfeln auf die ausgeblichene blaue Windjacke, die ihm viel zu groß ist und voller Löcher, als hätte er zu nah an einem Feuer gestanden oder jemand mit Zigaretten Löcher reingebrannt, als der Vorbesitzer sie trug, sicher ein großer Bruder, sein Vater oder Onkel. Ich schließe die Augen und flüstere den Namen des Jungen, den ich lieben will, und plötzlich ist mir, als hörte ich seine Stimme, und ich öffne die Augen und sehe, er hat eine Hand vom Steuer genommen und zeigt auf ein blaues Schild mit dem Hinweis auf eine Straße nach Norden fünf oder fünfzehn Kilometer weiter. Er sagt den Namen des Wasserfalls, von dem ich in meiner Naivität gemeint hatte, ich müsse ihn um alles in der Welt sehen. – No!, sagt der junge Schwarze. Seine Augen fangen an zu flackern, der junge Weiße dreht den Kopf und sieht ihn an, und der Schwarze schüttelt seinen und stößt Klicklaute aus wie ein Vogel oder ein kleines, in einem Scheunenwinkel gefangenes Tier, – no no!, stottert er, na-na-na-namibia! – Namibia?, sage ich. – Namibia!, sagt er und dreht sich rasch zu mir um, als sollte ich ihn erlösen. – Er will nach Namibia, sage ich. – Ja, sagt der weiße Mann, das hab ich verstanden. – Ist das hier der Weg nach Namibia? – Das ist die Hauptroute nach Westen, wenn man immer weiterfährt, kommt man irgendwann nach Namibia, aber wir fahren nicht nach Namibia. – Das denkt er aber. – Daran sind nicht wir schuld. – Wer denn dann? – Was weiß ich, sagt er, die Geschichte. Die Augen des jungen Schwarzen haben unser Gespräch in raschen Rucken von einem zum andern verfolgt, als glaubte er, es würde etwas geschehen, aber es geschieht nichts. – No no, zischt er, seine Augen ein plötzliches Gewimmel blitzender Silberfischchen, no no! – Wir müssen was tun, sage ich. – Was? – Du kannst ihn doch nicht einfach hier absetzen, mitten in der Wüste! – Was soll ich denn deiner Meinung nach machen, sagt er, nach Namibia fahren? Und plötzlich lächelt er. Der junge Schwarze sieht das Lächeln, zuckt unkontrolliert mit dem Kopf und lässt das Bündel los, an dem er sich seit Beginn der Fahrt festklammert, und tastet seine Windjacke ab, und plötzlich hält er ein Messer in der Hand, kein Dolch, ein kleines Taschenmesser nur, so eins zum Schnitzen. Ich lasse einen kleinen Schrei fahren, und der junge Mann fasst sich ans Handgelenk und drückt das Messer runter in seinen Schoß, als fürchtete er, was es anrichten könnte, – m-m-m-money!, sagt er. Ich sehe den weißen Mann an, er reagiert nicht. – Gib ihm ein bisschen Geld, flüstere ich. Er wirft mir einen Blick im Rückspiegel zu. Dann sieht er wieder geradeaus. – Warum soll ich ihm auf einmal Geld geben, sagt er, wofür? – Das weiß ich nicht, sage ich, gib ihm einfach was. Der junge Schwarze ruckt mit dem Kopf wie ein Vogel und stößt Klicklaute aus, – m-money!, sagt er. Plötzlich schwenkt der weiße Mann auf die Gegenfahrbahn und gibt Gas, und der Schwarze stößt einen Schrei aus, der Weiße bremst und reißt das Lenkrad nach links, worauf das Wagenheck mit lautem Kreischen rumschwingt, und tritt das Gaspedal durch, und mit einem Ruck, der uns in die Sitze schleudert, schießt das Auto nach vorn. – Was machst du!, rufe ich. Der Schwarze wirkt völlig verstört, sein offener Mund schimmert rosa und zahnstummelweiß, vor Verwirrung lockert seine Linke den Griff um das Handgelenk der Rechten, die das Messer hält, und jetzt steigt das Messer langsam vor ihm in die Höhe, und er starrt drauf und dreht den Kopf und sieht mich an. – Nein, flüstere ich und schüttele sanft den Kopf, nein, nein, als spräche ich zu einem kleinen Kind, das sich wehzutun droht, hör auf! Die ganze Kabine vibriert und fängt an zu singen, wie wenn eine Brücke in Eigenschwingung gerät, und ich weine und schließe die Augen und vergrabe den Kopf zwischen den Knien und will nur noch verschwinden.

Es war nicht unsere Geschichte, wir waren bloß geboren, wir hatten nie drum gebeten, einander zu begegnen, wir wollten nur leben, essen, schlafen, lieben und, wo wir nun mal hier waren, ein bisschen von der Welt sehen, es gab keinen großen Plan und keine Hintergedanken, es war ganz einfach, und eines schönen Tages wollte ich ein Kind. Was der schwarze Junge wollte, weiß ich nicht, er war nicht böse, bestimmt nur neugierig oder hungrig, so ist das Leben, neugierig und hungrig, vielleicht wollte er einfach nur fort, Namibia, ich hab keine Ahnung, wie's in Namibia aussieht oder was er dort wollte, vielleicht war Namibia auch für ihn bloß eine Vorstellung, ein Name, wie Augrabies Falls, und dann hatte er die Hand ausgestreckt als ein Zeichen, nicht seines, halt etwas, was er andere hatte machen sehen oder von dem er gehört hatte, man solle es tun, in der Hoffnung, dass jemand es sieht, nicht jemand Bestimmtes, und schon gar nicht wir, das war unmöglich, wenn wir's sähen, würden wir einfach vorbeifahren.

Plötzlich stehen wir still. Ich schaue auf. Wir halten auf einem Parkplatz vor einem Kiosk, oder vielleicht ist es eine kleine Bar. Etwas weiter rechts der Blechhüttenhügel und dahinter das kleine Nest, durch das wir vor einer Ewigkeit gekommen sind. Der weiße Mann sitzt aufrecht mit den Händen am Steuer und sieht geradeaus und der schwarze links den Rücken an die Tür gepresst und vor sich die erhobene Hand mit dem Messer. Der Motor läuft im Leerlauf, aber es riecht verbrannt, nach Öl, geschmolzenem Plastik oder geschweißtem Metall. Durchs Seitenfenster kann ich in die Bar sehen, wo drei, vier junge Schwarze aufgestanden sind und zu uns herschauen. Plötzlich lässt der weiße Mann das Lenkrad los, öffnet die Tür und steigt aus und geht um die Motorhaube herum und öffnet die Beifahrertür, und der schwarze Junge purzelt rückwärts raus und richtet sich mit vorgestrecktem Messer auf. Einen Augenblick stehen sich der schwarze Mann und der weiße gegenüber. Drinnen in der Bar macht einer der schwarzen Typen eine plötzliche Bewegung zur Tür, ein anderer fasst ihn am Arm und hält ihn zurück. Und jetzt stehen sie bloß alle da und warten, warten, dass etwas passiert. Da steckt der schmächtige weiße Junge die Hand in die Tasche und zieht sie raus und streckt dem schwarzen seine geballte weiße Faust hin. Der Schwarze tritt einen Schritt zurück und starrt auf die Faust. Der weiße Mann nickt langsam und sagt etwas, das ich nicht hören kann. Dann streckt der Schwarze seine freie Hand aus, und der weiße Mann legt etwas hinein und sieht dem schwarzen in die Augen. Plötzlich zieht der weiße Mann die Hand zurück, macht kehrt und geht um die Kühlerhaube und steigt ein und legt den Gang ein, das Auto macht einen Satz nach vorn, und der Motor stirbt ab, aber das Auto rollt weiter, und der Schwarze schaut auf seine Hand und ruft etwas, und die schwarzen Typen kommen aus der Bar auf ihn zugerannt, ihn, der vielleicht ihr Freund ist, vielleicht Familie, vielleicht ergreifen sie bloß automatisch für ihn Partei gegen den weißen Mann, und jetzt steht er bloß da und streckt das Messer Richtung Auto. Dann startet der Motor wieder mit einem lauten Knall, der Weiße lehnt sich über den Beifahrersitz und wirft das Bündel raus und kriegt den Türgriff zu fassen und zieht die Tür zu, während das Auto auf einen Schuppen oder einen großen Haufen Gerümpel zuschießt, ich schreie, auf beiden Seiten des Autos kommen die schwarzen Typen angerannt, da richtet sich der weiße Mann auf, dreht das Lenkrad nach rechts und schwenkt zwischen zwei von ihnen ein, es macht Rums, als sich einer gegen das Seitenfenster wirft, dann verschwinden alle in einer Wolke aus Staub.

Und später, lang davor oder danach, ist die Nacht in Maputo ohne Strom, die Straßen liegen im Dunkel, es duftet nach gegrilltem Mais, und im Abstand von hundert Metern schwelen Ölfässer und erleuchten schwarze Leiber, mit glänzenden Augen strömen sie uns aus dem Dunkel entgegen und gleiten vorbei.

– Was hast du ihm da gegeben?, fragte ich. – Wem?, sagte er. Ich konnte seine Augen im Rückspiegel sehen, er sah mich nicht an, konzentrierte sich auf den Verkehr, es gab keinen, wir waren draußen im Offenen, das kleine Nest hinten verschmolzen mit dem Horizont, um uns nur eine Art Wüste, flach und endlos ohne Häuser oder andere Zeichen menschlichen Lebens. Der Sitz neben ihm ist leer, vielleicht hat dort niemand gesessen, außer mir. – Einen Zwanzig-Rand-Schein, sagte er. – Das ist doch gar nichts!, sagte ich. Er lächelte. Ich wusste nicht, wer er war. Seine Augen leuchteten, aber nicht vor Verliebtheit, etwas, das größer war als wir, der Rausch der Geschichte. – Komm, rutsch wieder vor, sagt er und klopft auf den Beifahrersitz. – Nein danke, sage ich. Der Sitz unter mir brannte, doch jetzt von Feuchte, von Verlangen keine Spur, nur trockene Verachtung, der Schatten der Lust.

Doch im selben Moment steigen wir aus dem Bus und stehen auf der trockenen Lehmpiste inmitten mannshoher Maisfelder im Norden von Mosambik und wandern auf einer Reifenspur durch die Felder und ein Stück weiter in den Busch, bis wir, Minuten vor Einbruch der Dunkelheit, die Missionsstation erreichen, einen großen braunen Bungalow umgeben von zwischen den Bäumen verstreut liegenden kleinen Hütten, wo die weißen Missionare, aber auch ein

Teil der eingeborenen Schwarzen, die in der Station und auf den Feldern arbeiten, wohnen. Wir schlafen in einem kleinen, kahlen Betonraum mit Bett und Flickenteppich auf dem Boden, und am ersten Abend stehen wir im Speisesaal des Bungalows ganz vorn in der Schlange, als die Salatschüssel und der große Brotkorb aufgetragen werden, und füllen unsere Teller bis obenhin und fangen im Stehen an zu essen, und erst dann sehen wir, wie alle Missionare uns anschauen und nichts sagen, und hier, zwanzig Jahre später, schäme ich mich noch immer. An einem Vormittag kommt ein Container mit Altkleidern aus Europa, und die Eingeborenen und ihre Kinder stellen sich in einer langen Reihe auf und dürfen sich aussuchen, was sie brauchen, und zuletzt können die weißen Missionare nehmen, was übrig ist. Sie sind das Herrenvolk und laufen wie Bedienstete in löchrigen Schuhen und billigen T-Shirts rum, die ihre weißen Schwestern und Brüder da oben in Europa aussortiert haben, sie sind gutmütig und bescheiden und arbeiten Seite an Seite mit den Schwarzen in den Feldern, und in einer der Hütten wohnt ein junges holländisches Paar, nur wenige Jahre älter als wir, mit seinen drei kleinen weißen Kindern, und jedes Mal, wenn wir ihnen auf den Pfaden zwischen den Hütten oder im Bungalow begegnen, denke ich, das könnten wir sein, und sehne mich und wünsche, das Leben wäre immer so einfach, aber dann fällt mir Gott wieder ein. Nach dem Frühstück, das nur aus einem Stück Brot mit Maisöl und Zucker und einem Becher Tee besteht, geht er mit den Männern raus in den Busch, Brandschneisen schlagen, jeder Mann hat eine Machete in der Hand, und auf ihrem Weg durch das hohe Gras seh ich, wie sie unter den Orangenbäumen stehen bleiben und sich ihre Taschen mit den grünen Früchten füllen, die nicht sauer sind, sondern wunderbar süß. Ich assistiere der schwarzen Lehrerin, die den kleinsten Kindern in einer runden Bambushütte mit Strohdach Unterricht gibt, sie steht mit einem Stock an der Tafel und zeigt auf einen Buchstaben nach dem anderen, und die Kinder sitzen dicht an dicht auf kleinen Holzbänken und sprechen ihr im Chor nach, so lernen sie ja nie lesen, denke ich, aber sie sind so fröhlich und lebendig und ihre Stimmen wie die kleiner Vögel, und zum ersten Mal im Leben wünsche ich mir nichts sehnlicher, als Mutter zu werden. Spät am Nachmittag kehrt er mit den anderen Männern aus dem Busch zurück, er kann sich kaum aufrecht halten, seine Hände sind voll nässender Blasen, und seine Augen leuchten, ich glaube, er ist glücklich oder zumindest dabei, ein Mensch wie jeder andere zu werden, es ist nicht mehr die Verliebtheit, nicht dieser Wahn, dieser Rausch, etwas Größeres und Ruhigeres, noch ist er bloß ein Junge, aber auch ein Mann, und eines Tages vielleicht ein Vater. (Und im Dunkel brennen die

Feuer an den Pfaden zwischen den Hütten sitzen die eingeborenen Frauen mit glänzenden Augen und der Duft von heißem Öl und Bohnen in Blechgeschirr Stimmen wie von Vögeln vor dem Schlaf fern und geschwätzig.)

Ich erinnere mich nicht, dass wir je zurückkehrten, doch an einem Junimorgen fährt mein Vater in seinem kleinen dunkelblauen Auto vor, und ich stehe unten vor der Wohnung auf dem Gehweg in dem scharfen skandinavischen Licht und warte in weißem Kleid und Stöckelsandalen und hoch unterm Kleid um meinen nackten Schenkel verborgen ein nachtblaues Seidenband, kein Brautschleier, aber der schönste aus Ranken und weißen Blumen geflochtene Kranz, ganz schlicht, ich steig ein, und wir fahren durch die Stadt und über die Brücke nach Christianshavn, und es ist wie ein Traum, als er mich unterhakt und durch die Vorhalle und den Mittelgang entlang zum Altar führt, wo der Pfarrer und der junge Mann, der einmal dein Vater wird, uns erwarten, er in einem hellbraunen Anzug mit etwas zu breitem Revers und leuchtend grünem Hemd, das am Hals offen steht, und die Kirche ist keine Kirche, sondern ein Barocktheater mit Balkonen und verglasten Logen, aber das sehe ich nicht und auch nicht die Gäste, die in einem Nebel verschwimmen und kaum meine Stimme hören können, als ich mein

Ja bekräftige, ja, ich will ihn zum Mann nehmen und mit ihm durchs Leben gehen, in guten wie in schlechten Tagen, und das Ganze ist bloß Theater, seine Vorstellung von noch einem sublimen Augenblick außer der Zeit, und ich glaub nicht an einen Gott, und der Mensch, der hinter dem Pfarrer abgezehrt und leidend an seinem Kreuz hängt, erinnert mich jetzt nach mehr als zwanzig Jahren bloß an ihn in seinen erbärmlichsten Augenblicken, einsam und verbissen, verzehrt von seinem verfluchten Willen, seiner Weigerung gegenüber dem Leben und allem, was gewöhnlich und verschwenderisch ist und im Gegensatz zu Gott einen Sinn hat, aber das sah ich nicht, ich sah nichts, ich war außer mir vor Glück.

Und dann sind wir draußen in der Sonne umgeben von Gästen und dem schweren, süßen Geruch von Flieder auf dem Rasen im Hof des Schriftstellerverbands, wir halten Champagnergläser in den Händen und stoßen mit den Gästen an, und sein Vater macht das Bild vom Brautpaar im Junigarten, ich glaube, er steht neben mir, aber nein, auf dem Bild sieht man, dass er hinter mir steht, die Hand um meine Schulter, ich glaube, er hält meine Hand, doch jetzt seh ich, er streckt sie in die Kamera, schau! Er lächelt, aber mit einem seltsamen Funkeln im Auge, ein winziger weißer Punkt Millionen von Lichtjahren entfernt, als stünde er auch hier dahinter und wäre nur ein Schauspieler oder eine Puppe. Das Lächeln ist kein Lächeln, eine Andeutung bloß, ein Spiel, da ist keine Hingabe, er hat nicht Ja gesagt, seine Augen liegen so schaurig tief im Schatten unter den Brauen, und sie sind nicht leuchtend grün, wie ich sie sah, sondern schwarz.

Ich werd den Gedanken nicht los, dass er jetzt schon den Schluss kennt, er weiß, wie alles endet, er hat die Geschichte geschrieben, die er jetzt inszeniert, und ich, hingehalten in seinem Griff, bin nicht eine Person, sondern lediglich eine Figur, eine weiße Porzellanpuppe, »die Braut«, und zugleich so fürchterlich menschlich entblößt und verletzlich, mein nackter Arm durch die weiße Spitze des Ärmels, die Brust noch immer gerötet, verbrannt, vor Verliebtheit und der Sonne Afrikas, um den Hals sechs weiße Perlen wie gefrorene Tränen an einer silbernen Kette.

Herr, vergib ihnen, denn sie wissen nicht, was sie tun, er ist doch noch so jung und strahlend und hat sich ebenso wenig in der Gewalt wie ich. Woher sollte er wissen, was im nächsten Moment geschieht, und noch ehe der Morgen kommt. Keiner weiß es.

Beim Hochzeitsessen im kleinen Festsaal des Verbands unter den Gemälden mit Szenen aus dem Leben der Stadt im vorigen Jahrhundert, die Frauen wie's scheint immer in Weiß und mit gesenktem Blick, sitzen wir an der Ehrentafel, ich mit seinem Vater an meiner Seite und er mit meiner Mutter, er hat sich schon von mir abgewandt, aber sie unterhalten sich so inspiriert und lebendig, die beiden, und das macht mich glücklicher und mehr der Liebe gewiss als alles andere an diesem Tag, nicht sein Ja zu mir, sondern was er nicht sagt, sondern einfach ist in seiner Gegenwärtigkeit, und ich lasse ihn und wende mich dem Vater zu, der ihm ähnelt und alles ist, was er nicht ist, gütig, entgegenkommend, wie die ganze Familie, die sich mir öffnet und doch nie wirklich was sagt, sie bleibt etwas fern in der Provinz Verstreutes, und jetzt stehen meine Freundinnen auf und halten eine Rede, drei junge und plötzlich schon nicht mehr ganz junge Frauen, und auch einer von den alten Freunden, die er inzwischen verloren hat, steht auf mit seiner Gitarre und singt ein Lied, und alles zerspringt schier vor Erwartung und Junilicht, und genau im richtigen Augenblick, mit diesem Timing, das das Theater wahr und die Wirklichkeit zur Vorstellung macht, klopft er an sein Glas, erhebt sich und wendet sich mir zu und hält seine Rede und erzählt aller Welt, ich sei nicht die Frau seiner Träume, sondern die Frau, von der er nicht mal habe träumen können, und das ist so schön, wie allein die Literatur es vermag, wenn sie am allermeisten von ihrer eigenen Musik betört ist, aber das höre ich nicht, so was hört man erst lange danach, wenn's zu spät ist, und selbst dann ist es nicht die Wahrheit, die gibt es nicht außer der Zeit, nur im Augenblick, und in dem Augenblick war es wahr, das, glaube ich, glaubte er wirklich.

Und unmerklich hinter unsren Rücken versinkt das Licht in der Juninacht, und die Gäste erheben sich und treten, die Gläser in der Hand, zwei Schritt zurück, die jungen Männer nonchalant an die Tapete gelehnt, ein Bein vorm anderen und die Lederschuhspitzen gegens Parkett, und sehen uns erwartungsvoll (und die jungen Männer mit schelmischem Lächeln) an, jetzt ist der Augenblick, den ich mehr gefürchtet habe als alles, jetzt sollen wir den Brautwalzer tanzen, und das kann ich nicht, ich kann nicht tanzen, und er eigentlich auch nicht, er macht's einfach, auf seine ganz eigene seltsame und rücksichtslose Art, die für niemand anderen Platz lässt, ich hab drauf bestanden, und wir haben ein paarmal zu Hause im Wohnzimmer geübt, aber natürlich geht jetzt alles schief, wir passen nicht zusammen, es ist fürchterlich, wir sind ein ungleiches Paar, nicht Yin und Yang, nicht mal der Ball und der Kreisel oder die Tänzerin und der Standhafte Zinnsoldat, schicksalsschwanger ist es nicht, aber es war der Tanz unsres Lebens, und jetzt lacht er nur, und ich fühle mich von ihm bloßgestellt, ach Mensch, deine Eitelkeit, hilflos verloren in Gefühlen. Doch die Stunden vergehen, ich trinke und lache mit meinen Freundinnen, der Wein, der Wein, der macht mich so frei, und plötzlich schlage ich über die Stränge und nehm eine Zigarette aus der Schachtel, die meine Freundin hinhält, und zünde sie an und rauche und lache, ich bin ein junges Mädchen mit Blumen im Haar und strahlenden Augen, da plötzlich dreht er sich um und sieht mich, und ich sehe, er sieht eine Fremdc. – Ach, komm schon, es ist unsre Hochzeitsfeier, das soll doch nicht zwischen uns stehen. Doch. Soll es. – Ja, sagt er, es ist unsre Hochzeitsfeier. Und ich verstehe ihn nicht. Nicht damals. Nicht jetzt.

Der Hund sieht zu mir hoch, so quicklebendig und erwartungsvoll. Hier und jetzt und nichts anderes, so wunderbar dumm, und ich liebe ihn. In der Abenddämmerung gehen wir runter zum Fjord, er läuft hinter mir, dann ist er vorn, bleibt stehen, hebt sein lahmes Bein und spritzt einen Tropfen, dreht sich und sieht mich an, die pure Erwartung, worauf, nichts, hier und jetzt, und hui, ist er weg, kommt dann etwas weiter unten aus dem Gebüsch, beschnuppert das Gras, sucht einen fremden Haufen oder anderen Unrat, in dem er seine Lebenslust wälzen kann. Dann sind wir da, und ich setze mich auf die Bank, die schon lang vor unsrer Hochzeitsnacht hier stand und jetzt alt und morsch ist und schier verschwunden in einem allesverschlingenden Rausch von Heckenrosen, und schaue über den Fjord auf die andere Seite, Amerika, nannte es dein Vater. Zehn Minuten dauert die Überfahrt, mit Columbus, kein weißer Mann, sondern rostig und weiblich wie allerlei andere Fähren, von denen sie sicher die kleinste ist mit Platz für bloß eine Handvoll Autos (außer den Rädern natürlich, die nehmen wir mit, die und die Fußgänger, alles, was noch Beine hat), und die jetzt hundert Meter weiter am Strand an der kleinen Mole vertäut liegt und zur Nacht das Auge schließt. Morgen ist auch noch ein Tag, aber nicht für ihn, er ist nie an Bord gegangen, nie im Leben, sagte er, für ihn sollte das Land dort drüben mit seinen jahrhundertealten Eichen und dem Hügel, wo das prächtige gelbe Gebäude, das einmal eine Haushaltungsschule war, über dem Wald thront, und jedes Häuschen und jede kleine Jolle und der Weg, der einen Schlenker in den Wald macht, bei Sonnenaufgang erscheinen und sich in all seiner üppigen Schlichtheit präsentieren, um den ganzen Vormittag bloß dort zu liegen und zu sein und zu dauern, bis die Sonne über Mittag allmählich das Ganze aus der Gegenwärtigkeit zurück in die flache Unterschiedslosigkeit des Nachmittags zieht, all das für immer Utopia sein, die neue Welt, die es nirgends gibt als in unseren Träumen. Das bin ja ich, denke ich, simpler geht's nicht, beim ersten Licht erschein ich und mach mich ans

Werk, versunken, strahlend vor Glück, unbemerkt von mir selbst sitz ich hier an dem kleinen Tisch mit den Fingern tief in der Sprache, ein paar Stunden, die für mich bloß einen Augenblick dauern, doch das genügt, plötzlich steht es da und verstößt mich, ausgebrannt, müde und matt drifte ich in den Nachmittag und bin weder noch, quatsche ein bisschen mit einer Freundin am Telefon, aber ohne etwas zu sagen, mach mir eine Tasse Tee, lese ein bisschen, sitze vor der Terrassentür mit geschlossenen Augen und dem Gesicht zur Sonne und bin plötzlich auf den Beinen und am Reiskochen, schnippel ein bisschen Gemüse und trag Schüsseln und Teller raus auf die Terrasse in der Abendsonne und ruf dich, dass wir uns auch heute kurz sehen zu unsrer kleinen gemeinsamen Weile, ehe du wieder in deine eigenen Welten verschwindest, und ich räume den Tisch ab und gehe eine letzte Runde mit dem Hund den Pfad entlang runter zur Bank und sitz hier und schau auf den Fjord, wo eine Jacht in dem blanken Spiegel vorbeituckert, während die Mannschaft die Segel einholt.

Auf einmal ist das Fest vorbei, die letzten Gäste hantieren im profanen Licht der Küche mit ihren Jacken und Taschen und Fahrradklammern, meine verlorene Freundin ist mit einem seiner melancholischen Freunde aus Berliner Tagen verschwunden, wie dumm und traumlos und alles, was wir nie sein wollen, wir sind jetzt, bis auf meine zwei besten und betrunkensten Freundinnen, fast alleine im Saal, sie begleiten uns raus und winken von den Stufen, als wir auf die Räder steigen und durchs Tor in den hellen Junimorgen schlingern, um durch die Stadt zu strampeln und weiter, weiter ins Mittsommerland und den ganzen Weg hier hoch bis zum Haus am Fjord. Aber das können wir natürlich nicht, was hatte er sich dabei bloß gedacht, in Gentofte geben wir auf und klingeln bei meiner Freundin und ihrem Mann, schlaf- und auch sonst noch trunken macht er auf und lässt uns ins Gästezimmer, eine Reihenhausrumpelkammer mit ein paar Pappkartons, Heimtrainer und einer Matratze. Trister und weniger märchenhaft hätte es nicht enden können, aber Herrgott, es ist unsre Hochzeitsnacht, die eine und einzige, ich hab einen Rausch, und mir ist heiß unter dem weißen Kleid, ich stütz mich an eine Schranktür, streif die hohen Sandalen ab und dreh mich ihm zu, und meine Schenkel sind feucht unter ihrem weißen Schleier, das nachtblaue Seidenband, for your eyes only, baby, also nimm mich jetzt, nimm mich, wie du mich unter der Sonne Afrikas genommen hast, denn jetzt gehöre ich dir!

Doch zum ersten Mal weigert er sich, er will nicht, hockt bloß da unten auf der Matratze in seinem hübschen hellbraunen Anzug mit dem viel zu breiten

Revers und schlaff über die Knie hängenden Händen und sieht ohne Blick zu mir hoch, so wie man einen Fremden ansieht im Bus auf der Heimfahrt nach noch einem langen, belanglosen Tag. Er lässt die Augen zufallen und schlägt sie auf und schüttelt den Kopf, – ich mag nicht, sagt er, nicht hier.

So ist die Vorstellung, kein Teufel hat sie geschaffen, sondern Menschen wie er und ich. In unsren Tagen und Nächten in der Wohnung hatten wir uns nicht eingesperrt oder in eine bourgeoise Geborgenheit verkrochen, im Gegenteil, wir waren draußen im Offenen, atemberaubt atemlos mit klopfenden Herzen fieberhaft nackt und reine, gegenstandslose Erwartung. Wir wollten ja nichts, wir waren bloß, uns selbst. Und ich hatte gewünscht, es möge dauern und dauern und nie aufhören. Aber das musste es natürlich. Ehe es zu spät war. Ehe es sich selbst zu verzehren begann. Und nun standen wir auf der Schwelle, im letzten Augenblick der Verliebtheit, die Hochzeitsnacht, Ja und Ja hatten wir gesagt, und plötzlich und ohne zu ahnen, dass es das war, hatte die Vorstellung begonnen. Jetzt verging plötzlich die Zeit, tick, tack, tock, tock, jeder Augenblick eine Erwartung, der wir gerecht werden sollten, und jeden Moment konnte es schiefgehen und wir einander enttäuschen und uns im Stich gelassen oder verraten oder betrogen fühlen oder, schlimmer noch, übersehen. Es war unmöglich, aber ich war berauscht und erschöpft genug, um mich einfach hinzugeben, ich wollte, wollte es mehr als alles andere. Und er? Ich weiß es nicht. Vielleicht war er schon damals unfähig zu völliger Hingabe. An das Leben, das ganz gewöhnliche, formlose Leben der Liebe.

Doch dann gibt es den Schlaf, vielleicht die größte Gnade im Leben, nur ein paar Stunden, ein Schlummer, gefallen und ganz weg sein und aufs Neue erwachen, und alles ist wieder möglich, und wir erheben uns von der Matratze und ziehen unsere hingeschmissenen Hochzeitssachen an und schleichen flüsternd durch den Flur hinaus in noch einen Tag und lassen die Fahrräder stehen und wandern noch immer leicht berauscht von Champagner und Wein raus aus der Reihenhaustristesse zum Bernstorffsvej und winken ein Taxi heran und lassen uns von ihm über Mittag bis ganz hierher hoch zum Haus am Fjord verfrachten, das meine wunderbar verrückte Mutter zu unser beider und ihres Steuerberaters Entsetzen in einer ihrer manischen Phasen gekauft hatte, und hier in der Stube im Abendlicht vor der Terrassentür, wo ich so oft morgens sitze und schreibe, wie mein Alltag es eben erlaubt, hier, am Tag danach, als alles zu spät ist, ist es endlich möglich, und er kniet hin und fasst vorsichtig den Saum meines Kleids und hebt ihn an und sieht das nachtblaue Seidenband an meinem nackten Schenkel und nimmt mich, ohne ein Wort, wie ich bin, und es ist beinah, aber wirklich nur beinah pervers und übertrifft die Vorstellung, wie's hätte sein sollen, Ja, sagen wir, Ja! Und den Rest des Tages und der Nacht, die nun kommt, können wir wieder, ein letztes Mal, einfach sein. Und wie wir da in der Sonne vor der Terrassentür, wo wir die Matratze hingelegt haben, wie harpunierte Robben auf den Rücken gerollt verschnaufen, erzählt er mir die Geschichte von damals, als seine Großmutter und sein Großvater, die ich nicht mehr kennenlernen durfte, eines Sonnabends mit dem halben Hinterland zu einer Hochzeit ins Gemeindehaus geladen waren, wo zwei Kinder der Stadt nach dem Traugottesdienst in der Rundkirche gefeiert werden sollten, und gefeiert wurden sie, nach allen Regeln der Provinz, bei klarer Suppe mit Fleisch- und Mehlklößen, Braten und Waldorfsalat und Sahnepudding mit Kirschsoße aus dem Glas und Tanz zum Klang der Farfisa-Orgel, traktiert von einem hutzeligen Herren aus Faaborg in abgewetztem Jackett mit lila Samtfliege, weißem Hemd mit speckigem Kragen und einem Stimmchen, das die Melodien der Schlagerparade von dazumal, Bent Werther, Susanne Lana, Grethe & Jørgen Ingmann, in verhuscht vornübergebeugtes Mikrofongenuschel verwandelte, und als das Fest sich dem Ende zuneigte und Großmutter und Großvater und die restlichen mehr oder weniger alten Herrschaften heimgekehrt waren und der Braut nach einem letzten Tanz mit einem Nachbarsburschen oder dem Lehrling von Auto Mogensen plötzlich und vielleicht bloß in ihrem Punschbowlerausch ist, als wäre ihr Bräutigam nirgends im Saal zu sehen und, als sie zur Tür geht, an der welche im Morgensonnenschein rauchen, auch nicht draußen in der Kieseinfahrt, steigt sie die Treppe hoch ins Obergeschoss, wo es noch ein paar Zimmer gibt, deren größtes zur Feier des Tages als Brautsuite dient, öffnet die Tür, und dort im Doppelbett unter dem provisorischen Himmel aus alten Spitzengardinen sieht sie ihn, ihren Bräutigam und nun Gemahl, Ja und Ja und bis dass der Tod euch scheidet, sein behaarter weißer Arsch zwischen den Schenkeln der Ex, und das war's mit dem Fest. Aber wir sind noch hier, endlich, ganz unten auf Erden und hoch erhaben über so einen Kram, die Menschen in all ihrer Gewöhnlichkeit, und lachen zusammen hinauf in den hellen Tag, der jetzt uns gehört.

III

Ich sah ihn heut' Nacht:
Sisyphos, der sich selbst wie einen Stein
den Berg hinaufwälzt,
geblendet von dem grausamen Licht des Monds.

*

Wieder zurück in der Stadt kündigte er seine Wohnung und zog zu mir. Die Verliebtheit war vorbei, jetzt sollte das Leben beginnen. Er bekam das Zimmer am Ende des langen Flurs mit Fenster zur Seitenstraße, er sollte zum Stückeschreiben nicht mehr am Wohnzimmertisch hocken, provisorisch, als wäre er bloß ein Liebhaber, er war mein Mann und sollte sein eigenes haben, wie ich. Er trug seine Sachen selbst die Treppen hoch, er hatte nicht viel, einen Tisch, ein paar Stühle, ein schiefes, billiges Korbregal, eine Stereoanlage und eine Plastiktüte mit Schallplatten, ein paar Kleiderkartons und die wenigen Bücher, die er besaß und sofort zusammen mit der Anlage ins

Korbregal stellte, die Platten ans Regal gelehnt, die Lautsprecher mit ihren verhedderten Kabeln auf dem Boden, seine Kleider und die Ordner mit Papieren ließ er in den Kartons und schob sie ins dunkelste Eck. Aus irgendeinem Grund hatte er auch die alte fleckige Matratze aus der Wohnung in Christianshavn mitgebracht, ganz zuletzt trug er sie wie einen schlaffen Himmel auf dem Rücken den langen Flur entlang, warf sie ab und schob sie mit dem Fuß an die Wand. – Was willst du denn mit der?, fragte ich. – Manchmal hilft eine Pause, sagte er, sich mal kurz hinlegen können.

Auf einmal war unser Leben ein anderes, das sollte es ja auch, jetzt lebten wir zusammen und hatten einen Alltag wie alle anderen. Ich stand früh auf, machte Kaffee und trug die orangefarbene Thermoskanne und eine von den blauen Schalen mit Müsli und Milch an meinen Schreibtisch und ließ die Tür zum Flur angelehnt. Ein paar Stunden später stand er auf, lief eine Runde unten im Park oder auf dem Friedhof hinter dem ruhigen Viertel, das wir in den ersten Wochen der Verliebtheit ziellos durchstreift hatten, stieg die Küchentreppe hoch und nahm sich nach einer kurzen Dusche seine Schale Müsli, das er im Stehen am Küchenfenster verzehrte, und sah dabei runter in den Hof. Wenn er dann endlich über den langen Flur in sein Zimmer verschwand, war mein

Arbeitstag schon vorbei, ich kann nicht so lang dranbleiben, ein paar intensive Morgenstunden, in die verschwinde ich, und wenn ich zurückkehre, steht da ein Absatz, nicht mal eine Seite, aber das ist genug, ich bin leer und glücklich, jetzt will ich nur raus in den Tag und sein. Er machte die Tür hinter sich zu und saß fast den ganzen Nachmittag drinnen, erst gegen Abend kam er raus, nicht leer und belebt wie ich, eher erschöpft, zermartert, und der Tag war beinah vorbei.

Doch die Abende hatten wir gemeinsam, sie gehörten nach wie vor uns, wir hatten noch keine Kinder und keine Verpflichtung der Welt. Im Lauf des Nachmittags war ich einkaufen im Irma im Finsensvej, vielleicht rasch zum Fischhändler gegenüber, eine frisch gefangene Scholle und, warum nicht, ein Stück Blauschimmelkäse von dem versnobten Käsehändler nebenan, und jetzt kochte er Essen, und ich deckte währenddessen den Tisch, zündete Kerzen an und entkorkte die Weißweinflasche, Abend für Abend eine neue. Nach dem Abendessen lagen wir unterm Erkerfenster auf dem Sofa, vollkommen, wie früher, wir waren ja noch immer verliebt, und tranken Wein, zwar nicht aus des anderen Mund, jeder aus seinem Glas, aber derselbe sanfte, leicht schwindelerregende Rausch, lasen uns vor und liebten uns plötzlich zart und halb im Schlummer unter der orangefarbenen Decke und erwachten erst tief in der Nacht, wenn die Kerze mit leisem Zischen erlosch. An anderen Abenden ließen wir die Teller stehen und radelten unsren leichten Schwindel in die Stadt und gingen ins Theater, sahen Hamsuns »Mysterien« mit einem jungen Schauspieler in seinem Alter, – die Liebesgeschichte des Jahrhunderts, flüsterte er mir zu und nahm meine Hand, von Johan Nilsen Nagel, der in der Sommernacht in seinem gelben Anzug an Deck des Postschiffs in dem kleinen Nest hoch oben im Norden anlangt, »das Leben ist eine Messe wert!«, rief er in den Pedalen stehend und gestikulierte in Richtung der schlafenden Stadt, euphorisch in seinem (Wahn)Witz wie Nagel und der junge Schauspieler den ganzen Nachhauseweg durch die Nacht, »das Leben ist eine Messe wert!«. Oh, wie ich ihn da liebte!

Bei meinem Arzt hatte ich mir die Spirale rausnehmen lassen, jetzt konnten wir uns ohne diesen Vorbehalt lieben, ich riskierte nicht mehr, schwanger zu werden, jetzt wollten wir es, es war wunderbar und sagbar und dennoch größer als die Sprache, eine gemeinsame Zukunft, und auf einmal war, was zwischen uns stand, wenn wir uns liebten, nicht die banale und stechend schmerzhafte Spirale, sondern ein Mangel, eine Zukunft, die vorerst bloß Hoffnung war, unser Begehren war nicht länger etwas Nacktes,

Unmittelbares, das Leben hatte auf einmal ein Ziel, während wir vor unsrem »Ja« und »Ja« ein zielloses Leben führten.

Wann ist es, ohne dass man's ahnt, schon geschehen? War es an dem Nachmittag im Planetarium, als wir unsre erste Begegnung wiederholten, als wäre das überhaupt möglich? War es, als er zu meinen Füßen niederkniete oder als ich »Ja« flüsterte, oder erst im Jahr darauf in der Kirche, als wir's endlich bekräftigen konnten, »Ja« und »Ja«, oder erst später, als wir die letzten Gäste verließen, um gemeinsam in unsre Hochzeitsnacht zu radeln, oder als er seine Wohnung verkaufte und bei mir einzog und nicht mehr das Wunder des Tages war, das für einen Tag sämtliche Regeln brach, sondern dort wohnte, oder als er zum ersten Mal in sein Zimmer ging und die Tür hinter sich schloss oder als die Spirale rauskam und das Leben plötzlich ein Ziel hatte, während wir bis zu diesem Jetzt in der Ziellosigkeit lebten, oder erst, als du auf die Welt kamst und dem Ganzen und uns einen völlig neuen Sinn verliehst ...

Als der Winter vorbei war und es Frühling wurde und ich noch nicht schwanger war, beschlossen wir zu verreisen, ein letztes Mal alleine, zusammen. Der Regisseur seiner Solovorstellungen war Schweizer, Sohn eines wohlhabenden Arztes in Basel, der gleich zwei Ferienwohnungen besaß, eine in den Schweizer Alpen und eine in einem Dorf in der Provence. Die könnten wir ein paar Wochen haben, ein nachträgliches Hochzeitsgeschenk von meinen Eltern, sagte der Regisseur, er selbst hatte unserem Leben Dürrenmatts gesammelte Werke in sieben todsündenschweren Bänden aufgebürdet. Wir nahmen den Nachtzug über Hamburg nach Paris und von dort weiter nach Orange und stiegen aus dem Regionalbus am Fuß eines Bergrückens, der in die Ebene vorragte wie ein Schiff und von dem das Dorf hoch über uns hing wie eine Fata Morgana in der Frühlingssonne mit seinen grauen Feldsteinfassaden in Kaskaden blühender Gärten und der Ruine der Mittelalterburg, in welcher seinerzeit der Bischof gewohnt hatte, ganz zuäußerst, wo der Bergarm endete und abflachte zu einem Plateau, und schnallten die Rucksäcke um und machten uns daran, den Weg hochzuwandern, der sich in Serpentinen zwischen Forsythien und Flieder schlängelte, die sich fett wie glänzendes Softeis, rosa, lila und weiß über uns neigten, schier betäubend vor Blütenstaub in der prallen Mittagssonne, und hinterm Dorf vorbei weiter den Bergrücken entlangführte. Das Haus war aus dem Fels gehauen und viele Hundert Jahre alt, ein ehemaliges Kloster, von der Eingangsseite, die nach hinten zu dem schmalen Weg und irgendwie immer im Schatten lag, ähnelte es bloß einer tristen grauen Steinhütte mit verwitternden, schiefen Ziegeln, doch als wir eintraten und die Rucksäcke absetzten, führte eine schmale Treppe uns Stockwerk um Stockwerk tiefer, vorbei an Steinkammern und kühlen Sälen mit dunklen Möbeln aus mehreren Jahrhunderten und Gemälden, auf denen der Staub und das Fett der Jahrzehnte und Jahrhunderte, Kaminrauch und Kerzen und Bratdunst aus der darunterliegenden Küche die Porträts von Äbten, Burgen und Landschaften, die Zeit und die Geschichte in ein beinah abstraktes und nur schwach schimmerndes Dunkel verwandelt hatten wie die Bilder in der Rothko-Kapelle, eine innere Welt, die den Tag lang einen kühlen Schattenschlaf schlief, während die Sonne draußen auf die Fassade brannte. Es war viel zu groß und düster für uns, eine Welt außer der Welt, aber nicht der Verliebtheit, ich erinnere uns nur in der ebenso dunklen und sterbenskalten Küche, in der vom Bratfett der Jahrzehnte schwarz glänzende Töpfe und Pfannen an Haken an der Wand hingen, und dem Refektorium nebenan, dunkel wie eine Grotte und mit der gewölbten Öffnung der Grotte zur Terrasse und einem mächtigen, schweren Eichenholztisch, um den seltsamerweise keine mittelalterlichen Chorstühle oder schlichte Bänke standen, sondern diese billigen weißen und immer verschrammten und schmutzigen Plastikstühle, die man an allen Enden der Welt sieht und die er »die universalen Plastikstühle« nannte, und im Schlafzimmer, das ganz oben lag, eine halbe Etage über der Straße, mit einem winzigen Balkon, auf dem ich morgens in der Dämmerung meinen Kaffee trank, während er drinnen noch nackt und schmächtig zwischen den zerknüllten weißen Laken im Bett lag.

An zwei Morgen in der Woche weckte ich ihn kurz nach sieben, und wir schwangen uns auf die Räder und rollten durch den Wald auf der anderen Seite des Bergrückens hinunter ins Tiefland und die etwas größere Stadt, in der Markt war. Wir füllten die Rucksäcke mit glänzendem Mangold und Porree, Tomaten, Oliven und Hartkäsen, die herb nach schmutziger Schafswolle oder Ziege rochen, Rotwein vom Mont Ventoux und großen, groben, runden und noch warmen Weizenbroten und stiegen bepackt wie Maultiere wieder auf die Räder. Den ganzen Waldweg hinab durch das Flimmern von Schatten und scharfem Licht hatte er gesungen, jetzt ging er aus dem Sattel und trat verbissen in die Pedale, als ich schon am Fuß der Steigung absteigen musste und das Fahrrad langsam durch den jetzt wunderbar summenden und nadelduftenden Wald schob.

An anderen Morgen standen wir vor der Sonne auf und wanderten den Weg weiter den Höhenrücken entlang, der sich zu einem Plateau mit noch anderen, schmaleren Höhenkämmen, kleinen Abgründen und Felsen weitete, und saßen auf einem von ihnen im Sonnenaufgang und aßen Brot, Schafskäse, Tomaten und Oliven. Trocken und wüst war es um uns da oben, Felsen und verkrüppelte Büsche, doch überall, wo noch die dünnste Schicht Erde oder ein Felsspalt war, schossen winzige Blumen und Gras hervor, als entstünde die Welt ohne Schöpfer aus reinem Nichts und Licht. Wir kamen an Ruinen von Schafhirtenhütten und kleinen Steinhöfen mit eingestürzten Dächern vorbei, auf einem Kamm etwas weiter weg ragte ein hässlicher Fernsehmast von einem kolossalen Zementklotz mit Hunderten hässlich abstehenden Antennen über fast graue, trockene Zedern ins Blaue hinauf, und das eine Mal ließen wir den Werktag im Dorf unter uns ruhen und wanderten über Mittag weiter, und an diesem Tag kamen wir an ein Kloster, just als die Glocken zum Stundengebet riefen. Ganz hinten, auf einer harten, blank gewetzten Bank, saßen wir schier geblendet vom Zwielicht in dem düsteren Kirchenschiff und blickten auf die runden Rücken der Mönche in ihren graubraunen, grob gewebten Kutten und lauschten ihren schönen einstimmigen und beklemmend gottesfürchtigen Litaneien und dem gregorianischen Gesang, und als es endlich vorbei war und wir uns erheben konnten und ans Licht traten, war es – der Tag und der Duft all dieser Welt in unablässiger Schöpfung aus dem Nichts, der trockene, würzige Duft der Nadeln vom letzten Jahr und die Feuchte all des Neuen, die verschwenderisch stürmischen und sanften Farben der Blumen und die Stimmen der Vögel, ihr Gesang – gesegneter und seliger als je, und wir gingen lange schweigend einfach wie ins Blaue hinein, bis er sagte, – so könnte ich leben, wie die Mönche, vollkommen eins mit dem Gang der Stunden und Tage, in der höchsten Ordnung, in der alles, Tag und Nacht, seinen jahrtausendealten und bis zum geringsten Atemzug bestimmten Rhythmus hat, und das Leben dir bloß gegeben, aber nicht deines ist, jede Bewegung, jedes Wort und jeder Schritt, den du tust, ist nicht deiner, sondern gehört der Welt und hat eine Gesetzmäßigkeit und einen Sinn, Matutin, Laudes, Prim, Terz, Sext, Non, Vesper, Komplet, diese acht fassen alles, was geschrieben steht, und entstehen jeden Tag aufs Neue im Körper und den Stimmen, im Gesang, und sind und bleiben doch immer dieselben, jetzt mit dir und in einem Augenblick wieder ohne dich. Und »ich«? »Ich« geht auf in der Gemeinschaft und existiert nicht. – Aber ohne die Schrift?, sagte ich, deine eigene Schrift, meine ich, und ohne die Welt, all diese Welt hier um uns, draußen und überall, und ohne mich … und das Kind? Er antwortete nicht. Das erschreckte mich, nicht, was er gesagt hatte, er sagte so viele überraschende, seltsame und wundervolle Dinge, über die er nie nachgedacht hatte, es war, als ob die Sätze, die Gedanken entstünden, indem er sie sprach, und oft war er genauso überrascht und verblüfft und berauscht oder bewegt von ihnen wie ich. Doch sein Schweigen danach war wie ein Schatten, der aus dem Dunkel in ihm fiel, auf den hellen Tag, auf unser gemeinsames, zukünftiges Leben.

Eines schönen Morgens war sein Geburtstag, insgeheim hatte ich tags zuvor auf dem Markt, als er sich über die weißen Eimer mit Oliven beugte, einen Kuchen gekauft, nun packte ich ihn aus und verzierte ihn mit frischen Beeren und trug ihn die Treppen hoch ins Schlafzimmer und weckte ihn, und er setzte sich auf und sah ihn schlaftrunken und verwundert an. – Nein danke, sagte er. Heute ist dein Geburtstag!, sagte ich, an einem Tag wie heute bist du auf die Welt gekommen. – Ja, sagte er, ich weiß, aber kann das nicht einfach ein Tag wie jeder andere sein. Sicher doch, sagte ich, natürlich. Ich liebte die Tage ja, jeden einzelnen, unsere Tage und Nächte, und fühlte mich auf einmal wie ein Kind, das noch nicht begreift, dass nicht die Ausnahme, das Fest, der Feiertag, sondern der Alltag das Wunder ist. Und dann stand er auf und machte seine Übungen, wie immer, und zog sich an und ging die Steintreppen tiefer und tiefer und tiefer hinunter ins Dunkel und setzte sich ganz hinten in der Grotte an seinen Platz am Ende des Tischs und sah nicht hinaus in die Welt und den Tag, sondern runter auf sein Manuskript. Und so wurde es nicht sein Tag, sondern ein Tag wie alle anderen, wir saßen an je einem Ende des Hauses, ich ganz zuoberst, im Licht, er zuallerunterst, im Dunkeln, und schrieben. Am späten Nachmittag machten wir einen Spaziergang zur Burgruine und standen an der Mauer, die den still staubenden Platz umkränzte, und sahen auf die Ebene hinunter bis ganz rüber zu dem geschälten Berg und saßen im Sonnenuntergang auf der Terrasse und schwelgten in dem Überfluss von frischem, mit Olivenöl und Knoblauch angeschwitztem und nach herbes de Provence duftendem Gemüse und Rotwein vom Ventoux, und mitten in der Nacht weckte uns ein gewaltiger, lang andauender Schlag, als würde die Welt in Stücke gerissen, gefolgt von einem aus schwarzem Himmel zickzackenden Kugelblitz, der die Ebene mitsamt ihren fernen Gipfeln, Felsen, Wäldern und Dörfern, Kirchtürmen und Mont Ventoux jählings gespenstergleich bleich erhellte, dann war wieder alles weg, und wir waren befreit und liebten uns wie Tiere zum Geruch von Wolkenbruch und platschendem Regen und dampfenden Fliesen und wurden schwanger, ohne es zu ahnen, wussten wir vielleicht, dass du's warst.

Im selben Moment öffne ich die Tür zu dem Zimmer, und einen Augenblick steh ich bloß auf der Schwelle und schaue auf die Lampe hinter dem Bett, verschleiert von dem weißen Handtuch, das er achtlos über sie geworfen hat, mit einem Mal keine moderne

Stehlampe mehr, sondern etwas viel Älteres, eine Fackel in einem Palast in einer griechischen Tragödie, Medea, denke ich, eine einzige, einsame prächtig und stolz rasende Flamme, die senkrecht durch das weiße Handtuch ragt, das so hübsch herabhängt wie ein Peplos um einen Leib, ich kann mich nicht losreißen, es dauert eine Ewigkeit, bis ich endlich den Mund aufmache und seinen Namen rufe, und erst als sie beide neben mir in der Tür stehen und bloß wie ich auf diesen einmaligen Anblick starren, fängt das Feuer an zu springen, tanzen, die Wände hochzulecken und die Dinge wie in einem wundersam schwerelos wogenden Tanz hochzuheben, die Gardinen, das Bettzeug, die Bilder an den Wänden, die sich wellen wie sich neigende Nereiden, und die Asche fällt wie Blätter und steigt in den Hitzewogen und tanzt, es ist so entsetzlich schön, und erst sagt sie nichts, keinen Ton, geht nur langsam wie in Trance auf das Feuer zu und hebt ihre Hände, und er schließt seine Hand um mein Handgelenk und zieht mich rückwärts durch den Flur und weiter ins Treppenhaus, und wir knien auf den ersten Stufen, ohne das Feuer und ihre Silhouette darin aus den Augen zu lassen, keinen Ton sagen wir und wissen, noch ohne es zu verstehen, dieser entsetzlich schöne Anblick ist, was uns vermählt, und früher oder später wird es die Hölle, die Hölle, die Hölle.

Wieder zu Hause war es mehr als bloß eine Ahnung, eine vollkommene Gewissheit, wie ich sie nie zuvor oder danach gespürt habe, jenseits von jeglichem Zweifel, wie ein Glaube an Gott, glaube ich, und genau so, mit Angst und Zittern, wusste ich es. Doch vielleicht grade deshalb, weil es zu groß war, traute ich mich nicht, es zu sagen, es musste von außen kommen, ein Zeichen, das ich der Welt hinhalten konnte, drum fuhr ich gleich am ersten Abend mit dem Rad zur Bahnhofsapotheke und kaufte einen Test und radelte zurück und ging direkt in die kleine Toilette im Flur und setzte mich und pinkelte auf das Ding und blieb sitzen und wartete wie ein Kind an einem endlosen Heiligabend, bis der blaue Strich endlich erschien wie das Antlitz im Schweißtuch der Veronika, und ging zu ihm rein, da lag er und las Camus' Der erste Mensch in der französischen Originalausgabe, Le premier homme, die er aus der Provence mitgebracht hatte, und in dem Moment, als ich eintrat, sah er auf und sagte, – ich weiß echt nicht, was an ihm besonders sein soll, außer Der Fremde halt. – Schau!, sagte ich.

Seit dem Augenblick wuchs es einfach, natürlich, so ist das Leben, und doch war's, als ob ich das erste weibliche Menschenwesen wäre, das erlebte, wie es mich langsam unförmig und Tag für Tag schwerer und ruhiger machte und mit einer leise bebenden Furcht erfüllte, und es war nicht bloß die Übelkeit und der mir merkwürdig entfremdete Körper, es war das Leben, dass ich plötzlich begriff, dass ich damit allein war, es drängte sich zwischen uns und machte mich Nacht für Nacht einsamer, ich ganz allein sollte es tragen und »auf die Welt bringen«, aber nicht metaphorisch, sondern im blutigsten, schleimigsten und fraglos stinkendsten Sinn: es gebären. Das konnte ich nicht, ich wollte nicht, ich bekam Panik, zum ersten Mal überhaupt brauchte ich ihn, ich schrie, er müsse mir helfen, ich hätte nie ein Kind gewollt, ich wolle doch nur schreiben und nichts sonst auf der Welt, – wie konnte das nur passieren, schluchzte ich, das ist auch deine Verantwortung! Und anstatt mich in den Arm zu nehmen und zu umsorgen und mir Blumen zu schenken oder den Einkauf hochzutragen und mich zu trösten und mir morgens und abends und wenn's am allerschwersten war zu versichern, dass er mich liebe und mich nie verlassen werde, fuhr er mit dem Rad zum Theater und begann die Arbeit an seiner neuen Solovorstellung mit dem Schweizer Regisseur und kam erst gegen Mitternacht nach Hause und roch zum ersten Mal überhaupt nach Wein, den er ohne mich getrunken hatte.

Im Spätherbst, als ich schon schwer und unförmig war und keine junge Frau mehr oder auch bloß ein begehrbares menschliches Wesen, fuhr er zwei Wochen in die Provinz, für die Reprise einer älteren Vorstellung von ihm und dem Schweizer Regisseur, den ich inzwischen hasste wie Mephisto, Abend für Abend stand er mit einer jungen Schauspielerin auf der Bühne, die im Gegensatz zu mir tanzen konnte, und obendrein war sie noch blond, ich rief ihn an und schrie, er melde sich nie und frage nicht, wie es mir gehe, worauf er ruhig antwortete, er habe den ganzen Tag geprobt und abends Vorstellung gehabt, – und nachts?, rief ich, da macht ihr im Hotel bestimmt einen drauf, wie man das von Schauspielern kennt! – Hotel?, sagte er, ich wohn in einem Gästezimmer in einem Reihenhaus am Stadtrand. Und dann beschrieb er seine Radfahrten durch die Oktobernacht entlang der Bucht, wie er am Strandbad haltmache und auf den Steg hinausgehe und eine Weile über die Bucht schaue. – Ich bin allein, sagte er, alles ist perfekt, bis auf eins. – Was?, fragte ich. – Ich weiß nie, wie lang ich stehen bleiben soll, einen Augenblick, denke ich, nur einen Augenblick, aber wie lang dauert ein Augenblick, und wann ist er plötzlich vorbei? – Das weiß ich nicht, sagte ich, und ich will's nicht wissen. – Wenn ich bloß rauchen würde, sagte er, dann könnte ich allein auf dem Steg stehen und eine Zigarette rauchen und über die Bucht schauen, dort rechts liegt die Stadt und glitzert wie ein Juwel in der Nacht und der Hafen mit seinen Kränen wie Riesenechsen in dem fahlen Industrielicht, und hier steh ich und rauch eine Zigarette, so lang es halt dauert, und wenn ich sie geraucht hab, ist es vorbei, ich bin frei und kann aufs Rad steigen und fahr weiter nach Norden in die Nacht. – Ja, sagte ich.

Vielleicht gibt es keine entscheidenden Augenblicke außerhalb der Sprache, vielleicht sagen wir das nur so: »plötzlich«. In Wirklichkeit ist alles Bewegung, Verwandlung, nichts steht still, im Leben, das wir leben, hat etwas ganz, ganz langsam, unmerklich angefangen zu geschehen und geschieht weiterhin, schon lange, ehe man einander begegnet, und danach, im Verliebtsein, selbst da, außer der Zeit in einer anderen Welt, und später, wenn die Verliebtheit vorbei ist und die Liebe wartet, wartet, auch da in der Nacht zuoberst im Haus auf dem Berg, wo die Blitze das Dunkel zerrissen, im Augenblick der Empfängnis, und später, als ich dich wirklich gebar und wir nicht länger zu zweit waren, sondern zu dritt, hatte es zu geschehen begonnen und geschah und geschieht weiterhin.

Am letzten Morgen im Pförtnerhaus an der Allee zum Gutshof auf Langeland, wo wir eine Woche während unserer ersten kleinen Reise gelebt und jeder für sich in seinem Zimmer nur von einer Tür mit Glasscheibe voneinander getrennt an dem ersten und letzten gemeinsamen Text unseres Lebens geschrieben hatten, schien endlich die Sonne. Wir standen auf und setzten den letzten Punkt unter den schönsten aller Morgen, packten unsere Sachen und wanderten ins nächstgelegene Städtchen, wo wir einen der großen alten Dichter des Landes besuchen wollten, der zusammen mit seiner neuen und sehr jungen – sie war nicht älter als wir – Schweizer Gattin und ihrem fast neugeborenen Kind in einer alten weißen Mühle ganz oben auf einem Hügel mit Blick auf die kleine Stadt, die Insel und das südfünische Inselmeer wohnte. Es war Januar, und doch diese scharfe, schöne Wintersonne, wir saßen jeder in eine Decke gehüllt an der Südseite der Mühle auf alten Gartenmöbeln und tranken Kaffee und schauten durch den Dampf aus den Tassen auf den zarten Kleinen, der beinah gerade eben zur Welt gekommen war, so staunenerregend lebendig und wachsam. Und zum ersten Mal dachten wir, er und ich, und vielleicht ohne es just zu denken und jedenfalls ohne es einander zu sagen, wir könnten eines schönen Tages vielleicht auch irgendwo weit draußen auf dem Land wohnen und zusammen an einem Vormittag mit unsrem oder unsrer Kleinen in der Sonne sitzen. Der große alte Dichter stand wie alle großen alten männlichen Dichter im Mittelpunkt, er führte das Wort und erzählte eine Anekdote nach der anderen aus dem weitläufigen und spektakulären Leben, das er wie alle großen alten männlichen Dichter gelebt hatte, natürlich hatte er die ganze Welt gesehen, etliche Jahre bei den Hopi-Indianern (oder waren es Apachen?) in der amerikanischen Wildnis gelebt, er war, wie alle großen alten männlichen Dichter, ein richtiger Teufelskerl. Und ich betrachtete die junge Schweizer Frau, die schräg hinter ihm an die geweißte Mühle gelehnt saß und den kleinen Jungen im Arm wiegte, während sie ihrem Mann zuhörte, und ich dachte, unfassbar, dass sich so viele junge Frauen heutzutage noch in alte Patriarchen wie ihn vergaffen. Und er, er war gerade siebzig geworden, wenn der neugeborene Kleine einmal achtzehn würde, würde er entweder tot oder senil und der Junge ohne den Vater sein, den jeder junge Mann braucht, um ihn zu verehren oder sich gegen ihn aufzulehnen. Doch dann drehte die junge Schweizerin den Kopf und lächelte mich gelassen an, und ich sah, dass sie in sich ruhte. Sie ist stark, dachte ich, sie schafft das schon, was auch passiert, dem Kleinen wird es im Leben schon gut gehen.

Es waren nur ein, zwei Stunden, aber wir brachen so erstaunlich beschwingt von dort auf, berauscht von Zukunft und Leben. Und kehrten nie zurück, weder zusammen noch jeder allein, wir sahen sie nie wieder, nicht den großen alten Dichter, der jetzt schon längst tot ist, noch seine junge Schweizer Frau. Und der Junge? In den Jahren danach dachte ich manchmal an ihn, doch stets als das kleine neugeborene und erstaunlich lebendige, wachsame Wesen von damals im Arm seiner Mutter hinter dem erzählenden Vater in der Sonne auf der Hügelkuppe vor der alten weißen Mühle. In meiner Vorstellung wurde er mit den Jahren, die in meinem und unserem Leben vergingen, nicht älter, er blieb ein kleiner Junge, der gerade eben zur Welt gekommen ist und sein ganzes Leben vor sich hat.

Und dann eines Tages, viele Jahre später, als unser eigenes kleines Leben, der Rausch und das Glück, längst die Hölle geworden war, die es wurde, und ich auch diese Hölle hinter mich gebracht hatte, war ich zur Buchmesse eingeladen, um über meinen neuen Roman zu reden, in den monströsen Hallen im Erdgeschoss eines Hochhaushotels ein paar Kilometer außerhalb der Stadt. In den Minuten, bevor ich auf die Bühne soll, sitze ich in einer von diesen klaustrophobisch kleinen weißen sogenannten Backstage-Kabinen, in der Gegenwart zweier seinerzeit großer alter Autoren des Landes, beides Männer, der eine Dichter, der andere Geschichtenerzähler der sehr bilder- und metapherstrotzenden Sorte, beide, versteht sich, weit gereist. Ich trinke Kaffee aus einem hässlichen weißen Plastikbecher, sie trinken Rotwein aus Gläsern und reden über andere Schriftsteller, wie Schriftsteller, wenn sie einander treffen, es eben tun, und plötzlich, ehe ich, die bloß dasitzt und höflich lächelt und ein wenig unaufmerksam zuhört und mehr als alles den Augenblick fürchtet, in dem ich auf die Bühne gehen und über meinen Roman sprechen soll, es so recht begreife, reden sie über den großen alten Dichter, den wir vor vielen Jahren gemeinsam in der weißen Mühle auf der Hügelkuppe besucht hatten, und plötzlich erwähnt der eine von ihnen, ich glaube, es war der Dichter, so ein wenig en passant auch den Sohn, den kleinen neugeborenen Jungen, der in seiner Erzählung auf einmal ein junger Mann und zu meiner großen Zeitverwirrung schon ein junger Mann gewesen ist, der eines Sommer- oder Januarmorgens eine Tasche packt und den Bus nach Svendborg nimmt und von da mit dem Zug über Nyborg nach Kopenhagen und schließlich mit der Metro raus nach Amager fährt, wo er in das bizarre, schräg verdrehte Hochhaushotel eincheckt, »direkt hier obendrüber«, sagte der Dichter mit einer Geste zur Hallendecke, die Tasche in seinem Zimmer abstellt und mit dem Aufzug bis ganz hoch zur Dachterrasse des Hochhaushotels fährt, von der die Aussicht auf Amager, Kopenhagen und den Öresund bis rüber nach Schweden so einmalig sein soll, und springt.

Etwas in mir zerbrach, nicht bloß das Bild des kleinen neugeborenen Jungen, so staunenerregend lebendig und voller Zukunft im Arm seiner Mutter dort in der Januarsonne vor der alten, geweißten Mühle, alles, die Zeit, der Raum, mein Leben und die ganze Geschichte von uns zwei. Im Lauf einiger weniger Sätze, noch nicht mal dreißig Sekunden, war der kleine neugeborene Junge in dem leuchtendsten, hoffnungsvollsten Bild, das mir von unserem Verliebtsein geblieben ist, ein junger Mann, der sich im selben Moment das Leben genommen hat.

In dem Augenblick steckt eine der jungen Frauen vom Verlag den Kopf in die Kabine und schaut mich an und sagt, – »jetzt aber flott!« (das sagte sie wirklich: »jetzt aber flott!«). Und wie ein Automat steh ich auf und gehe hinter ihr her auf die Bühne und setze mich hin und sehe, der ganze Bereich vor der Bühne ist voll Menschen, die dasitzen oder stehen und erwartungsvoll zu mir aufschauen.

Kurz vor Mitternacht setzten die Wehen ein, und schon die erste war heftiger, als ich mir hatte vorstellen können, eine rücksichtslose Kraft, die nicht meine war und aus meinem Inneren kam, und wie alle Frauen und selbst die einzige meiner drei Freundinnen, die schon ein Kind geboren hatte, gesagt hatten, würde jetzt auf einmal eine Ruhe über mich kommen und ein übermenschlicher Wille mich ergreifen und durch alles hindurchleiten, – man ist nie so weit, Mutter zu werden, hatte sie gesagt, das wirst du erst dann, wenn's passiert, und danach geht's ganz von allein, und du erträgst es, weil du plötzlich musst und es größer ist als du.

Nur so war es nicht – ruf ein Taxi!, brüllte ich, und zum letzten Mal machte er genau, was ich sagte. Als wir oben in der Aufnahme ankamen, stemmte die Krankenschwester die Hände in die Hüften und musterte mich, sie war groß und massiv und kalt wie Mutter Courage und hatte bestimmt sechs Kinder geboren, weiße Clogs an den Füßen und sagte, – was woll'n Sie denn jetzt schon hier? Sie schüttelte den Kopf, – ich hab so schon mehr als genug, und zeigte auf den überfüllten Aufnahmeraum, Sie haben mir hier gerade noch gefehlt, geh'n Sie nach Hause und kommen Sie wieder, wenn's ernst wird. Ich weigerte mich, ich wollte nicht nach Hause, ich wollte nicht warten, ich wollte nicht Mutter sein, ich wollte es hinter mich bringen, um wieder schreiben zu können. Die ganze Nacht und den Morgen und den Vormittag verbrachten wir dort, in Sartres Purgatorium, aber es ist nicht wahr, die Hölle ist nicht der andere, sondern allein schon der Raum, Notaufnahmen und Wartezimmer sind die unreinsten Orte der Welt, die Menschen hier sind hässlicher und elender als jedes Tier, in die »Aufnahmen« der Krankenhäuser kommen die Gesunden, um krank zu werden, und die Kranken für ihr Todesurteil, das Licht ist hart, bleich und unerbittlich, die Wände fleckig wie von Wasserschäden und völlig verschrammt, der Mensch hinter der Plexiglasscheibe ist müde und mag nicht mehr, und der Rest der Menschheit auf der anderen Seite der Scheibe ist immer schon immer zu viel, und ständig kommen mehr aus allen Ecken der Erde wie Flüchtlinge mit ihrem ganzen Zeug in schmuddligen, zerkrumpelten Plastiktüten, über die sie zusammengesackt dasitzen in Jacken und Mänteln dampfend vor Fieberschweiß. In meiner Erinnerung lag ich auf dem Fußboden, auf einer Liegeunterlage, die die Krankenschwester mir zugeworfen hatte (»Bitte schön! Aber liegen Sie mir nicht im Weg rum, suchen Sie sich was da an der Wand!«). Doch vielleicht stimmt das nicht, vielleicht war sie gütig und sah mich wirklich als den Menschen, der ich war, und ließ mich in Ruhe und warten, trotz meiner Unzumutbarkeit, der Vorstellung, ich wäre der erste Mensch, dem derlei Ungeheuerliches widerfahre. Wie ich mich erinnere, lag er hinter mir und hielt mich die ganze Nacht und den Morgen und den Vormittag im Arm. Was dachte er? Liebte er mich, jetzt, wo ich ihn brauchte? Oder war genau das der Moment, in dem er anfing, mich zu verachten? Und als ich endlich wie ein Stück Vieh mit den Kniekehlen in den Schlaufen hing und so laut schreien durfte, wie ich konnte, und stärker! stärker! und noch mal! und noch mal! und es so wehtat, dass die Menschheit dafür nach Hunderttausenden Jahren noch keine Sprache hat, stand er an meiner Seite und hielt meine Hand. Was er dachte, weiß ich nicht. Du sollst nicht wissen, was dein Nächster denkt. Die Balance zwischen zwei Menschen, die sich lieben, vielleicht sich hassen, ist so fein und fatal, und plötzlich brach die Februarsonne durch die Wolken und schien in den klinisch weißen Kreißsaal, als wär's das Jüngste Gericht, und das war's auch, auf einmal lagst du da, und es war geschehen und schon du, und erst da konnte ich es ertragen, und trage es weiterhin, weil es nicht mein Leben ist, sondern unsres.

Am nächsten Morgen nahmen wir ein Taxi nach Hause, jetzt nicht mehr wir zwei, sondern wir drei. Die ersten Tage und Nächte danach muss er dagewesen sein, aber ich erinnere mich nicht daran. Ab da erinnere ich nur eine Abwesenheit, die immer neue Formen annahm. Er verließ uns und fuhr mit dem Rad zum Theater und begann mit den Proben der Vorstellung, an der er mit seinem Regisseur während all der Monate meiner Schwangerschaft geschrieben hatte. Tagsüber lag ich die meiste Zeit mit dir im Bett oder saß in der Sonne unter der orangefarbenen Decke auf dem Wohnzimmersofa und horchte auf deinen Atem und betrachtete dein Gesicht, deine großen braunen Augen und deine winzigen Finger, die sich die ganze Zeit bewegten wie Tentakel im Wasser, eine Seeanemone, eine klitzekleine Qualle, unentwegte Verwandlung. Ich bin Mutter, dachte ich, doch wir waren noch immer ein Fleisch, es gab keinen Unterschied und kein Bewusstsein, es war ein Dämmern und eine andere Welt in der Welt, wo die Zeit stillstand, dein Gesicht regte sich, und ich legte dich an die Brust, und du saugtest und saugtest, deine Händchen schlossen sich, und kleine, spitze Nägel bohrten sich in mein Fleisch, aber es kam kaum Milch, dein Gesicht knautschte sich zusammen, und du fingst an zu schreien, du schriest und schriest, und wir schliefen fast nicht, und tief in der Nacht lag er plötzlich neben uns im Bett und wollte schlafen und konnte nicht und verlor die Geduld und fragte mich, was das Problem sei, und ich fing an zu weinen und sagte, dass keine Milch komme, und er setzte sich auf und sah uns an und sagte nichts, aber in seinen Augen sah ich, er fand es nicht merkwürdig, dass ich keine Milch für mein Kind hatte, sondern unnatürlich. Nahm er dich hoch, ging er mit dir auf dem Arm ein paar Stunden im Mondlicht im Wohnzimmer auf und ab, während ich versuchte, ein klein wenig Schlaf zu finden? Vielleicht, das sind so Sachen, die man halt sagt, aber ich erinnere mich nicht daran.

Zwei Monate später war Premiere, und zum ersten Mal im Leben waren du und ich voneinander getrennt, ich überließ dich meiner Mutter und zog mir ein Kleid an und zeichnete Lippen, Augen und Wangenknochen in meinem formlosen Gesicht hervor und fuhr mit dem Rad in die Stadt und saß im Dunkeln zwischen den Menschen und sah ihn alleine da unten im Bühnenlicht, so nackt und lebendig in dieser unmenschlichen intimen Präsenz, dieser grenzenlosen Hingabe, die er auch abseits der Bühne gehabt hatte, ehe ich ihn verlor. Und mich überkam eine heftige Sehnsucht, nicht zurück, sondern hin zu dem Augenblick, in dem die Vorstellung zum letzten Mal vorbei wäre und er endlich heimkehren würde und das Leben und die Liebe beginnen konnten. Ein kurzer Moment, dann war es vorbei, und das Publikum klatschte, wie die Leute es nach einer Premiere, egal, wie einzigartig oder komplett belanglos die Vorstellung war, eben tun, und als ich runter zu ihm in den Keller unter der Bühne kam, war er alleine, nackt und ausgezehrt wie ein KZ-Häftling, mit Augen, die strahlten, eine wilde Nachglut, die ich wiederzuerkennen meinte von der Stunde, wenn das Schreiben für den Tag plötzlich vorbei ist und man in die Welt gleitet und all das sieht, was es gibt, und es mehr liebt denn je, und ich schlang die Arme um ihn und presste ihn an mich und flüsterte, dass ich ihn liebte und mich danach sehnte, dass er bald zu uns nach Hause käme. – Zieh dich an, flüsterte ich, dann schleichen wir die Hintertreppe hoch und fahren durch die Nacht heim zu ihr. In dem Moment kommt der Regisseur mit der Menschheit im Schlepptau die Treppe runtergestürzt mit Champagnergläsern in den Händen und ruft, jetzt wird verdammt noch mal gefeiert, – wir warten bloß auf dich! Ich greife seine Hand und drücke sie fest, und er sieht mir in die Augen, – nur eine halbe Stunde, sagt er. – Ja, sage ich, natürlich, und denke, ich hab ihn verloren, nicht an jemand Bestimmten, an alle Welt. Im nächsten Augenblick stehen wir zu Hause im Flur, wir sind wohl gerade zur Tür rein, ich hab noch den Mantel und meine hochhackigen Schuhe an, es ist wie ein Traum oder etwas, das ich zu vergessen versuche, aber nie vergessen kann, wir sind jetzt völlig alleine, aber das können wir ja nicht sein, nie mehr und auch nicht jetzt, beinah zwanzig Jahre später, du bist ja hier, das musst du doch, vielleicht liegst du im Kämmerchen im Bett und schläfst, oder bist du wach?, hörst du uns?, wir schreien uns an, wie Betrunkene, aber ich kann doch nichts getrunken haben, ich hab dich quasi erst eben geboren, – Schlampe! was sagt er da?, ich schreie, und plötzlich ist es passiert, er hat mich geschlagen, das kann nicht wahr sein, – wag es nicht! Jetzt ist es passiert, denke ich, aber vielleicht gibt es keinen entscheidenden Augenblick, vielleicht ist das Leben eine einzige unerbittlich rollende Bewegung, so wie in die Flammen schauen, wir stehen noch immer auf der Schwelle, wir können uns nicht losreißen, es ist so viel größer als wir, und wir wissen nicht, woher es kam, es ist zu spät, und vielleicht ist nicht der Schlag, die jähe Gewalt aus dem Nichts das Verbrechen, sondern die Vorstellung und Forderung, sie ließe sich ganz vermeiden, das, was unmenschlich ist.

Die Szene mit dem brennenden Haus war die letzte, die der russische Regisseur drehte, nicht bloß von diesem Film, es war die Schlussszene des siebten und letzten, die Krönung jenes Lebenswerks, das vielen als das schönste des zwanzigsten Jahrhunderts gilt, und er wusste es, schon während der Dreharbeiten war er todkrank, von innen, vom Mark heraus von Krebs verzehrt, und er wusste, dies war seine letzte Chance, das Einzige, was ihm zu tun blieb, alles, und dann: nichts. Viele Jahre hatte er überall auf der Welt nach dem Haus gesucht, jenem Haus, das er einmal gesehen oder geträumt und seither an die Zeit verloren hatte, die in seinem Film nicht vergeht, sondern langsam rieselt wie Wasser an Mauerwerk. Es konnte nur ein Haus, ein einziges geben auf der Welt, und endlich, nach vielen Jahren der Suche, hatte er es gefunden, ein schönes, recht großes altes Holzhaus, das einsam weit draußen auf der verlassenen und fast kahlen Ebene lag. Es sollte ein One-Take sein, ein letztes lebendes Bild, und es ließ sich nicht wiederholen, es gab nur dieses eine Haus, in dem der Großteil des Films, der ohne Zeit war, und sowohl die verlorene als auch die zukünftige Zeit, der jüngste Tag, sich ereignet hatten in einer Geschichte, die fast keine Handlung hat, zum größten Teil stehen die Personen nur wie schöne, tragische Figuren in den schönen, alten Stuben zwischen den schönen, alten Sommerhausmöbeln, Nippes und Fotografien der verlorenen Zeit, und reden und schweigen, weinen und, nein, sie lachen nicht durch Tränen wie bei Tschechow, ein seltenes Mal lächeln sie resigniert, das ist alles. Alles war, wie von ihm bestimmt, das Filmteam hatte die Plätze eingenommen und wartete bloß auf sein Zeichen. И иди!, sagte er, die Kamera läuft, irgendwo im Haus entzündet jemand ein Streichholz, die Flamme greift um sich, das Haus fängt an zu brennen, es brennt, wie kein Haus je gebrannt hat, nie zuvor in seinem Leben hat er etwas von so göttlicher Schönheit geschaffen, ein Augenblick außer der Zeit und der Geschichte, der einfach dauern und dauern darf, ohne andere Bewegung als die des Feuers, ohne einen einzigen Schnitt in der Zeit, die nicht mehr vergeht, brennt das Haus vollkommen nieder, und es ist endgültig und ist vollbracht. Und wie er da verloren, ausgeliefert in dem nunmehr vollkommenen Lebenswerk steht und weiß, jetzt, erst jetzt, endlich, kannst du sterben, kommt der Kameramann auf ihn zu, eine seltsame Miene im Gesicht, nicht erlöst, eher verzweifelt, er bleibt vor ihm stehen und steht einen Moment, dann sagt er es. Aus irgendeinem Grund, er begreift nicht wie, sagt er, es kann eigentlich nicht sein, alles, jedes Kabel, jeder Stecker, jeder Kontakt war überprüft, aber trotzdem, sagt er, die Kamera hat nicht aufgenommen.

Am Abend eines grauen Tages war die Vorstellung zum letzten Mal vorbei, und in der Stunde nach Mitternacht kroch er zu uns unter die Decke. Er sagte nichts, wir lagen bloß aufgewühlt im Dunkeln und lauschten dem Leben, diesem neuen Leben, das jetzt plötzlich zwischen uns war und uns verband und ganz von allein und ohne es zu wissen den Atem atmete, der unsrer gewesen war, rasch, unregelmäßig, als müsse es noch lernen, plötzlich ein Japser, Quengeln, ein Zucken, eine kleine Hand kneift meine Brust und kleine, spitze Nägel bohren sich in die Haut … Gegen Morgen muss ich eingeschlafen sein. Als ich aufwachte, war er weg. Ich kroch unter der Bettdecke hervor, bückte mich und schlug sie um dich und schlich auf den Flur. Ich sah in die Küche, ins Wohnzimmer, er war nicht da. Ich ging bis zum Ende des langen, dunklen Flurs und blieb vor der geschlossenen Tür stehen und zögerte lange. Dann machte ich auf. Da saß er, an seinem kleinen Schreibtisch mit dem Rücken zu mir und sah ins Leere.

– Was machst du?, fragte ich.
– Nichts.
– Nichts? Was denkst du dir?
– So weit denk ich nicht.
– Und jetzt?
– Ja.
– Magst du nicht rauskommen?
– Und dann was?

Was hatte ich mir vorgestellt? Dass das Leben sich von selbst ergäbe. Dass die Grenzenlosigkeit in der Familie eine Form fände, und ich irgendwo darin meinen täglichen Raum, wo ich schreiben konnte. Wie atmen. Wie nach dem Brot greifen und es brechen und unter uns teilen. Du und ich, und du, mein Kind.

– Ich hab jetzt fast schon ein Jahr keinen Satz geschrieben, sagte ich, ich weiß bald nicht mehr, wer ich bin, ich bin reduziert auf ein Tier. – Natürlich, sagte er, natürlich. Lass uns den Tag aufteilen. Ich nehm sie von sieben bis eins, dann nimmst du sie von eins bis sieben. – Ja, sagte ich. Und da war's geschehen.

Am ersten Morgen in unserem neuen Leben stand ich mit dem ersten Licht auf, wie ich's im alten getan hatte und mehr als zwanzig Jahre später immer noch tue, jetzt, wo das neue wie auch das folgende Leben vorbei sind und ich endlich im Offenen bin. Einen Augenblick sah ich euch wie zwei Neugeborene da in der Dämmerung liegen und dachte, ihr seid meine Menschen, mein Leben, dann zog ich den Morgenmantel an und schlüpfte in meine Sandalen und schlich in die Küche und setzte Wasser auf und goss den Kaffee in die orangefarbene Thermoskanne und trug sie und den Becher in mein Zimmer und ließ die Tür hinter mir offen und setzte mich und schaltete den Computer an und sah auf den Monitor. Und nichts geschah. Auch nicht ein Wort. Ich wartete, lauschte dem Licht, dem schläfrigen Rauschen des Morgenverkehrs unten auf der Straße, eine Tür schlägt, Schritte im Treppenhaus und irgendwo weit weg dein Weinen. Und meine Brüste, mein ganzes Fleisch zog sich zusammen und schrie, und ich hörte, wie er das Weinen auf dem Flur vorbei in die Küche trug und die Tür hinter euch schloss.

Es war sinnlos und hatte nichts mit dem Leben zu tun, etwas, zu dem ich, ohne drüber nachzudenken, Ja gesagt hatte, es war nicht das Leben, es war eine neue Vorstellung.

Nach einer Stunde gab ich auf und verließ den Schreibtisch und öffnete die Küchentür und sah ihn auf dem Boden kniend über deinen kleinen molligen Leib gebeugt, der noch eine Pflanze auf dem Grund eines Sees war mit Gliedern wie Tentakeln, die sich streckten und im Licht ruderten, im Begriff, eine Windel etwas zu stramm um deinen Bauch zuzuziehen, oder er hatte dir schon längst den Strampler angezogen und saß mit übergeschlagenen Beinen am Tisch und hielt die Milchflasche, an der du nuckeltest, schräg über dich, während deine Händchen sich öffneten und schlossen, öffneten und schlossen. – Hallo ihr zwei, sagte ich und spürte, wie die Liebe mich durchströmte, die Erleichterung darüber, den Willen und jede Vorstellung und Abmachung und Regel fahren und es einfach geschehen zu lassen, früher oder später würde der Alltag ganz von allein seinen Rhythmus finden und das Schreiben wiederkehren, und er hob den Kopf und sah mich an, nicht wie eine Fremde, sondern die, die er erwartet hat und am liebsten gleich wieder los wäre. – Was willst du?, sagte er. – Einfach mit euch zusammen sein.

Was ich mir vorgestellt hatte? Keine verschlossenen Türen und auch keine abgegrenzten Zeiten, im Gegenteil, das Ende der Zeit, wenn die Schrift dich einnimmt und »ich« einen Augenblick ohne Ausdehnung lang verschwindet; wenn du plötzlich wieder auftauchst und es auf einmal vorbei ist und etwas, von dem du nicht begreifst, dass du es sein kannst, dasteht und glitzert, sind ein paar Stunden um, drei, vielleicht vier, aber nicht sechs, das würde mich verbrennen, da bliebe niemand oder nichts übrig, wenn ich wiederkomme, will ich nicht erloschen, ermattet sein, ein bisschen schwindlig, natürlich, ja, aber selig, bereichert, voll Begehren und Lust auf alles, was eben ist, alle Welt und den Alltag, dich, meine Lieben, den Hund, das wunderbar dumme Tier, Ja und Ja, das Schreiben soll keine Qual sein, das gibt keinen Sinn, das ist eine Vorstellung, ein Mythos, an den ich nicht glaube, die Kunst werde bedeutender davon, dass man der Welt und dem Leben entsagt, im Gegenteil, es gilt ja das Leben, das Schreiben ist ein sich Hinwenden, zur Welt, zu dir.

Und er? Vielleicht war es nur eine Laune, der Morgen nach der letzten Vorstellung, der kleine Tod, es ist vorbei, und jetzt soll das Leben aufs Neue beginnen, und auf einmal ist man nicht mehr alleine, plötzlich ist da ein Kind. Es widerfährt dir, und was soll man sagen? Lass uns den Tag unter uns aufteilen. Ja, aber ein Kind kann man nicht teilen.

Auf einmal war es geschehen. Er gewöhnte sich an, die Tür hinter sich zu schließen, und das war keine Metapher, noch jetzt, zwanzig Jahre später, höre ich noch immer das Geräusch sich schließender Türen, ich musste anklopfen, bevor ich eintrat, ich störte, nicht bloß, wenn er alleine, auch, wenn er mit dir zusammen war, – was willst du? (als hättet ihr etwas gemeinsam, das mir verwehrt bleiben sollte). Wenn ich nicht mehr schreiben konnte, versuchte ich, mir die Zeit zu vertreiben, ich räumte auf, ging im Park spazieren, nahm ein Buch aus dem Regal und schlug es auf und versuchte zu lesen, aber ich konnte nicht sehen, was da stand, es ergab keinen Sinn. Wenn es dann endlich ein Uhr war, kam er mit dir im Strampelsack die Treppe hoch oder öffnete einfach die Küchentür, jetzt, erst jetzt, endlich war es Zeit, ich übernahm dich, und er ging den langen Weg den Flur hinunter und machte die Tür hinter sich zu.

Die Verliebtheit ist eine Katastrophe, sie kennt keine Grenzen, sie berauscht sich an sich selbst und hat ihre Lust an der Aufhebung jeder herrschenden Ordnung, sie stürzt sich ins Ungewisse und huldigt in alle Ewigkeit dem Jetzt. Wir hatten ineinander verschlungen im Erker unterm Fenster zur Welt gelegen und uns erzählt, was für ein Glück es sei, dass wir einander erst jetzt begegnet seien, wo wir dazu bereit waren, jetzt, wo wir beide eine längere »Beziehung« hinter uns und die Fehler gemacht hätten, die zur frühen Jugend gehören. Aber allein schon, wie wir es sagten, es klang wie eine Beschwörung. Alles, was wir taten, geschah im Affekt des Verliebtseins, es widerfuhr uns, jede Bewegung, jede Berührung, jedes Wort war ein Schock, eine Offenbarung. Jeden Morgen nach dem Aufwachen (oder in allertiefster Nacht, wenn wir in der Ungewissheit zwischen Wachen und Traum, wo man niemand ist, nicht Mensch und vielleicht noch nicht mal Tier, und es keine Grenzen gibt und man unmöglich man selbst sein kann, plötzlich vom Begehren überwältigt einander nahmen und in des anderen Gewalt gaben) entdeckten wir einander neu, sahen den anderen und uns selbst, wie kein Mensch je gesehen worden war. Jeder neue Tag war eine Entdeckungsreise in unsre Körper (allein wie er mich plötzlich, ohne es zu wollen, mitten am Tag, in der totesten Stunde, umdrehte und mit sanfter Gewalt über den Esstisch legte und mein Kleid hochhob und in der Mittagssonne sah, dass ich keinen Slip trug und nie wieder einen tragen würde, allein um des Begehrens willen, und außer sich mit seinem unmenschlichen Willen sich beherrschte, wartete, wartete, eine wunderbar perverse Ewigkeit, in der die ganze Welt um uns, jedes winzige Ding und das Staubkorn, das sich im Sonnenstreif über mir dreht, das Geräusch der Autos unten von der Straße, eine Tür, die im Treppenhaus schlägt, der plötzliche Knall der Heizung, Schritte von obendrüber und unter uns einer, der lacht oder weint, plötzlich hervortritt und horcht, horcht, und dann, endlich, in mich eindrang (und jetzt mehr als zwanzig Jahre später spüre ich weder sein Geschlecht noch meins, sondern die harten, geriffelten Buchenholzadern an meiner Wange, die sein kantiger, keuchender Kopf gegen die Tischplatte presst)), unsre Bewegungen, unser Wesen, ins Dunkel unsrer Gehirne. Ganze Tage hatten wir im Bett gelegen und uns von all den Sachen erzählt, die wir in unsrer Kindheit zu essen bekommen hatten und nie wieder schmecken würden (Hackbällchen in Curry, Hackbällchen mit Sellerie, gebratene Leber garniert mit einer ganz leicht angebrannten Orangenscheibe, die dampfende Leberpastete, sie mit dem Löffel aus der glühheißen Aluschale schaufeln und auf die Weißbrotscheibe legen, Luxus, mit Mohn, blau wie in blau wie in bleu, dieses Floß hochheben und in den Mund schieben und spüren, wie die Zähne die Gurkenscheibe zerschneiden (dieses Knacken!) und tiefer in die groben, tierischen Eingeweide der Pastete, das triefende Fett und die in das weiße Brot schmelzende Butter, die scharfe Rinde am Gaumen, der blaue Mohn, ihn zermahlen, dass das fette Öl rausgepresst wird, die wunderbar klebrige Masse von all dem zusammen den Schlund hinunterschlucken, und das warme Licht über der roten Küchentischplatte der Kindheit), wir schwelgten darin, wir bekamen davon nie genug. Und plötzlich mussten wir raus und alles riskieren, uns der Gewalt der Stadt, der Welt unterwerfen, jede Radfahrt den Peter Bangs Vej entlang in die Stadt war eine Expedition ins Herz der Finsternis, irgendwo dort drin lauerten Kurtz und the horror! the horror!, und wenn wir um Mitternacht heimkehrten und noch am Leben waren, zusammen, war es ein Wunder und ein Sieg über die Welt und die Zeit.

Kurz nach sieben, wenn er endlich aus dem Zimmer kam, at the end of the day, ähnelte er Jesus, der gerade vom Kreuz gestiegen ist, ausgezehrt, abgekämpft, ausschlaggezeichnet, die Haut trocken und gelblich wie Pergament, seine Augen tot und ohne Blick, mein Gott, warum hast du mich verlassen, Sisyphos, der aufgibt und den Stein rollen und sich mitreißen lässt ins Dunkel, hinab zu all den leidenden Männern vor ihm, von denen die Geschichte und die Philosophie und die Mythen vom Menschen nur so wimmeln, Jesus, dachte ich, doch im Gegensatz zu Jesus war er geizig, er gab sich nicht mehr her, er brach nicht das Brot und teilte es, er hob es für später auf, für das, was kommen soll, aber nie kommt, er schenkte keinen Wein ein und ließ mich nicht mehr das Blut trinken aus seinem Mund, er hielt es zurück, das Begehren, in den Nächten kehrte er uns den Rücken zu, in sich, um sich gekrümmt, ein schwarzes Loch in der Hölle.

Ein paar Wochen später, vielleicht war es ein halbes Jahr, kam er aus seinem Zimmer und sagte, wir müssten von neu anfangen, an einem neuen Ort, in einer Wohnung, die frei sei von Erinnerungen, in der keiner von uns ein Leben gehabt habe, ehe der andere in die Welt gekommen sei, kein anderer Mann, dessen Name noch an der Tür stehe, durch die er jeden Tag die Wohnung betrete. – Natürlich, sagte ich, erleichtert, als ob es so einfach wäre und nichts mit uns zu tun hätte, eine reine Formalität, als wäre es nicht schon geschehen und als könnten wir das Leben von Neuem beginnen.

Ich dachte, wir könnten unsre Wohnung gegen eine kleinere in der Stadt tauschen, dass es irgendwo in dem Leben, in das er sich zurücksehnte, eine kleine Familie wie unsre gab, die mit der Zeit zu groß geworden war und jetzt mehr Platz brauchte. Ich gab eine Annonce auf, und in den folgenden Wochen besichtigten wir eine Reihe von Wohnungen und bekamen unsererseits Besuch von Familien mit zwei oder drei Kindern, die von einer großen, hellen Wohnung wie unserer mit reichlich Platz für ein ganzes Leben träumten. Doch sowie sie eintraten, war es, als ob das Licht in ihren Augen erlosch, als spürten sie *es,* das passiert war und von dem ich nicht weiß, was es war, und es immer noch nicht begreife.

Es.

Im Frühling davor, als wir ein letztes Mal zusammen in die Welt reisten und dich in einer kugelblitzerhellten Nacht ganz oben in einem Dorf, das schwalbennestartig als eine gelbe Forsythienkaskade über die Ebene der Südprovence hängt, zeugten und zusammen eine junge Frau jammernd mit ausgestreckten Armen wie in Trance ins Feuer gehen sahen, hatten wir die Wohnung für Dreharbeiten vermietet. In den Tagen vor unserer Abreise waren die Filmleute oder ihre Szenografen und Bühnentechniker angerückt, und keine zwei Tage später hatten sie jegliche Spur des Lebens, das wir zusammen, und der Leben, die ich davor, alleine und mit dem Mann, dessen Name noch an der Tür stand, gelebt hatten, entfernt und die ganze Wohnung fünfzig Jahre in der Zeit zurückversetzt zu damals, als sich der jetzt fünfzig Jahre später immer noch unaufgeklärte »Doppelmord« ereignet hatte: ein Ehepaar, das nichtsahnend in einem Augenblick der Unachtsamkeit jemandem, etwas, wem?, was?, die Tür aufmacht und auf einen Schlag (buchstäblich) zerschmettert wird und in seinem eigenen Blut und gelblich schleimigen Resten von Gehirnen und Vorstellungen vom Leben durch die hübschen Zimmer der Wohnung geschleift.

Drei Wochen später, als wir zurückkehrten und jetzt nicht mehr bloß wir zwei waren, sondern ein neues, drittes Leben bargen, war jegliche Spur von dem Tod der zwei Menschen und des Lebens, das sie zusammen gelebt hatten (ja, selbst die Anwesenheit des Filmteams fünfzig Jahre später), wie weggeblasen und alles – jedes Möbelstück, jedes Ding, jeder Teller, Schuh, jedes Laken, die Blume auf der Fensterbank, die orangefarbene Decke auf dem Sofa unter dem Erkerfenster und der hastig mit einem Magneten an der Kühlschranktür befestigte Zettel, da rechts gleich neben dem Griff – war exakt so, als wär's nie geschehen.

Als provisorischen Neubeginn zogen wir zur Zwischenmiete in eine Wohnung in einer kopfsteingepflasterten Seitengasse in Christianshavn, im dritten Stock eines hübschen, alten, gelb gekalkten Gebäudes aus der Mitte des damals vorigen Jahrhunderts mit Balken und Zimmern mit niedrigen Decken. Es war die ideale Wohnung, dachte ich, in dem Viertel, das er mir zuliebe verlassen hatte, von den Fenstern sah man runter in das Café, in dem er vor meiner Zeit um Mitternacht vor der Sperrstunde von den zehn Kronen Pfand für die unterwegs gesammelten Flaschen immer eins der übrig gebliebenen Sandwiches kaufte und es an einem Tisch im Eck unter dem vulgären Gemälde der üppigen Frau, die nackt und selbstvergessen mit leeren, umgekippten dunkelgrünen Flaschen um sich auf dem Holzboden sitzt, in seiner Einsamkeit verzehrte und die Menschen betrachtete. Die Wohnung hatte geweißte Wände, eine helle Küche zum Hof, die ohne Übergang in das Esszimmer überging, das ohne Übergang zum Wohnzimmer wurde mit Fenstern zur Seitengasse. Nebenan lag unser Schlafzimmer und dahinter meine Schreibstube mit Blick zur Straße. Er bekam die kleine Kammer zum Hof. Mit eigenem Eingang. Da drinnen saß er nun den ganzen Nachmittag und bis in den frühen Abend, und wenn er endlich aufstand, ging er nicht durch meine Stube zu uns rein, sondern den ganzen Weg die Hintertreppe runter und die Vordertreppe hoch und schloss die Wohnungstür auf. Als käme er nach Hause. Von wo? Als wer? Als hätte er plötzlich ein anderes Leben, das uns nicht mit einbegriff, nicht bloß ein Zimmer, sondern ein Leben, das ganz sein eigenes war. Nachts drehte er mir den Rücken zu, ich wollte geliebt, umarmt werden, mit leuchtenden Augen im Dunkeln angeschaut, begehrt und ohne Vorbehalt genommen werden wie früher. Ich verzweifelte, ich schrie und schlug auf den Rücken ein, der sich neben mir um ihn krümmte, und du standst in deinem Bettchen auf und klammertest dich weinend ans Geländer. An manchen Abenden ging er runter ins Café, aber es war zu spät, es hatte einen neuen Besitzer und eine neue Speisekarte, in der Zwischenzeit, meiner Zeit, war das Viertel exklusiv geworden, das Café hatte nicht mehr die einfachen Sandwiches, die er geliebt hatte. Ich dachte, er hasst mich, und begann im Stillen, ihn für diesen Hass zu hassen.

Die Verliebtheit kann so heftig sein, fiebrig, verzehrend, dass die Liebe, die aus ihr entstehen soll, eine Enttäuschung wird, die Welt kehrt zurück, die Zeit fängt an zu vergehen, und es fühlt sich an wie Verlassensein und Verrat, auf einmal ist man einander entrissen und keine inzestuös verwachsenen Zwillinge mehr, sondern jeder ist seine eigene Welt und muss dem anderen in die Augen sehen, aber ich wollte, das wollte ich wirklich, den Alltag, dass er anfinge und wir für immer zu dritt wären. Und ich werde den Gedanken nicht los, aber das muss ich, ihn loswerden, für immer: hätte ich nicht den entscheidenden Augenblick zu lang, den Blick starr in die Flamme gerichtet, die von der Lampe aufflackerte, auf der Schwelle verharrt, sondern gleich nach dem Öffnen der Tür seinen Namen gerufen, wäre er gekommen, alleine, ohne sie, und hätt's gesehen und ohne Zögern eine Decke geschnappt und über die brennende Lampe geworfen und das Feuer gelöscht, und es wäre bloß eine Lampe gewesen, ein schwacher Brandgeruch und der Schreck und das hier eine gute Geschichte und keine Tragödie, und dann wär's nie passiert, das Feuer hätte keine Nahrung finden und sich ausbreiten können, und wir hätten nie ihren Eltern begegnen und ihre unmenschliche Gastfreundschaft annehmen müssen, sondern hätten stattdessen ihre Freunde getroffen, Frank und Jean-Marie, die wir nie, nie im Leben trafen, und hätten nie in dem engen, dreieckigen Raum stehen müssen, ohne anderes Fenster zur Welt als das, durch welches wir sie daliegen sahen als Mumie ohne Gesicht, nur ein leerer Blick, sie hätte es noch gehabt, ihr Gesicht und ihr Leben, hätte es leben können, und unsre Liebe wäre für immer gerettet gewesen. Ist es nicht so?

Als das Jahr um war, bekamen wir endlich unsere eigene Wohnung, in der wir das Leben nicht bloß vorübergehend, sondern für immer aufs Neue beginnen konnten, eine Erdgeschosswohnung in einer stillen Straße in einem der Brückenviertel, dem etwas exklusiven, bürgerlichen, wo keiner von uns bisher gewohnt hatte und das Leben für uns beide ganz neu sein würde, ein ehemaliger Kaufmannsladen mit hübschem Standerker zur Straße, wo ich sitzen und schreiben konnte, und er bekam ein großes Zimmer im hinteren Teil des Ladens, das dunkelste, zum Hof hin.

Doch vielleicht war es bereits zu spät. Es schien, als wäre alles, was wir taten und tun wollten, zu spät. Als hätten wir für einen kurzen Augenblick, den keiner von uns bemerkt hatte, auch nicht im Nachhinein, eine Chance gehabt und sie verstreichen lassen.

Jetzt saß er den Großteil des Tages da drinnen und kam oft erst raus, wenn du schon in deinem eigenen

Kämmerchen neben der Küche zum Hof im Bett lagst. Er kochte Abendessen, und die nächsten ein, zwei Stunden saßen wir in meinem Zimmer am Esstisch (gegen den er einst in einem früheren Leben mein Gesicht gepresst hielt, während er mein Kleid hochschob und in der Mittagssonne sah, dass ich keinen Slip trug und nie wieder einen tragen würde, nur um seinet- und des Begehrens willen, und außer sich mit seinem unmenschlichen Willen sich zurückgehalten hatte, gewartet, gewartet, eine wunderbar perverse Ewigkeit, in der die ganze Welt um uns, jedes winzige Ding und das Staubkorn, das sich im Sonnenstreif über mir dreht, plötzlich hervortritt und horcht, horcht, und dann endlich gehen ließ und in mich eindrang und mich nahm) im Kerzenschein und aßen mit Messer und Gabel wie ein richtiges Ehepaar in einem ruhigen, bürgerlichen Brückenviertel, brachen das Brot nicht, sondern schnitten es und reichten einander den Brotkorb, schenkten Wein ein und tranken ihn, nicht aus des anderen Mund, jeder aus seinem Glas, ein Hochzeitsgeschenk der zwei Freunde, die ich übernahm, als er auf seine ganz eigene Weise verschwand, und an manchen Abenden, wie ein richtiges Ehepaar, konnten wir durchaus in heitere, beschwingte Stimmung geraten, wie früher inspiriert über die Bücher sprechen, die wir jeder für sich, aber eben nicht mehr gemeinsam gelesen hatten, oder über die Vorstellungen, die wir ein seltenes

Mal, wenn wir dich hoch zu meiner Mutter in ihre kleine Wohnung über der Bäckerei getragen hatten, zusammen besuchten.

Für die ein, zwei Stunden, die wir an einem Alltagsabend am Tisch saßen, war es, als hätten wir einander wieder, nicht wie früher, sondern aufs Neue, nicht im Wahn der Verliebtheit, sondern eine neue Ordnung, die vielleicht, dachte ich, eine der Liebe, der Wiederholung, des Alltags war, etwas, das nicht außer sich war, sondern eine ruhige Dauer.

Und zusammen, wir drei, die kleine Familie? Die müssen wir gewesen sein, an einem Sonntagnachmittag mit der S-Bahn nach Klampenborg und dich in den Tierpark geschoben, Herbst, flammendes Laub, das herrliche Knallen der Hirschgeweihe unter den alten Eichen, heiße Schokolade und dicke, weiße Sahne, die von dem knubbeligen Näschen in Peter Lieps Hus aufs Tischtuch tropft, dein schrilles Kreischen und das Gewicht des Wagens, der uns im Bakken die traurigverlassene Gasse zwischen den Parkbuden abwärtszieht an einem Novembertag, in der Minute, bevor Regen fällt, und am Abend eines anderes Tages, sagen wir eines Freitags, meinen Vater und seine Frau in ihrem Haus im Dichterviertel besucht, du im Tripp-Trapp-Thronstuhl am Tischende, Kerzen, Tränen und etwas Geschrei und der Duft von ein bisschen zu knusprig überbackenem Blumenkohl beim

Zerteilen, leicht beschwingt, aber plötzlich still, zwei erschöpfte Eltern, dich schlafend auf der Østerbrogade nach Hause geschoben, vorbei an Svanemøllen, Østerfælled Torv, das weiße Schiff der Schwimmhalle, das uns aus dem Nebel entgegenkommt, und dahinter das Stadion, aus den Tiefen seiner Arena bis hoch in den Himmel erleuchtet wie ein Leuchtfeuerhügel, ein Raumschiff im Landeanflug, natürlich, die Träume, die Tage, die Gedichte gibt es, aber sei so lieb, verzeih mir, ich erinnere mich nicht.

Dann standen wir auf und räumten den Tisch ab, und er machte den Abwasch und ging in sein Zimmer und schloss die Tür, während ich ins Bett ging und das Licht ausmachte, wartete, wartete, und werde tief in der Nacht wach von Weinen aus dem Kämmerchen hinter der Küche und taste und spüre, dass er nicht neben mir liegt, ich bin jetzt alleine, für immer alleine, und stehe auf und schleiche an der geschlossenen Tür vorbei raus durch die Küche und nehme dich hoch und trage dich im matten Widerschein der Hoflampe im Mülltonnendeckel hin und her und bemühe mich mit sanfter Hand, dass der Schnuller in deinem Mund bleibt, aber das Schreien und deine kleine Zunge schieben ihn immer wieder raus, du wirst dich nie beruhigen, etwas Unwiderrufliches ist geschehen, ich verstand nicht, was es war, und plötzlich lag er doch neben mir im Dunkeln, es war ein Traum, aber es konnte genauso gut Wirklichkeit sein, oder umgekehrt, ich lege den Arm um ihn und presse meinen Schoß an seinen Hintern und versuche, ihn zurückzubergen ins Begehren, aber er ist wie tot, er weigert sich zu leben, und auf einmal verzweifle ich und hämmere wie wild auf seinen Rücken, der sich mir im Dunkeln entgegenkrümmt, und der Schnuller fällt dir aus dem Mund, dein Gesicht knautscht sich zusammen, – lass mich doch, murmelte er, lass mich in Ruhe.

Ich sagte, ich könne so nicht leben, oder war er es, – ich kann so nicht leben, sagt er, mit diesem Begehren, dass ich nie weiß, wann es passieren kann, wann, wo auch immer, wie soll ich da arbeiten können? – Wann denn dann?, flüstere ich, wenn es nie jetzt ist, wann dann? Und die Tür geht auf, und ich höre ihn durch die Küche in dein Kämmerchen schleichen, ich zwinge mich, liegen zu bleiben und das Schreien anzuhören, das sich langsam, langsam zu einem Quengeln beruhigt, und dann endlich die Stille, ein schweres Wasser, das mich mit hinabzieht ins Dunkel, – wann dann, flüstere ich, und das Schreien geht wieder los, mal lauter, mal leiser und wieder lauter, es ist nicht zu ertragen, das Dunkel, die Sorge, woher hast du sie, ist sie seine, ist sie unsere, haben wir sie dir gegeben und du sollst sie jetzt für uns tragen, all das Entsetzliche, das wir zusammen getan haben, wirst du nie Frieden finden? Ich stehe auf und gehe durch die Küche und sehe die Silhouette des Menschen, der wie ein Leichnam über die Stäbe deines Bettchens hängt, ich spüre die Hand, die dir den Schnuller in den Mund drückt, – nein nein nein, flüstere ich, was machst du da! – Gut, sagte er und drehte sich zu mir, sagen wir jeden Sonntag um Mittag, in den Stunden, wenn sie schläft, treffen wir uns im Bett und lieben uns. – Nein!, sagte ich. – Warum nicht? – Das kann ich nicht, sagte ich, das will ich nicht, so will ich nicht leben!

Die Verliebtheit kann so heftig sein, fiebrig, verzehrend, dass die Liebe, die aus ihr entstehen soll, eine Enttäuschung wird, es fühlte sich an wie Verrat, er hasst mich, dachte ich, warum hasst du mich, was hab ich getan, ich hasse dich, hasse dich, wie ein Herzschlag, der Puls, der ihn in den frühen Abend treibt, wenn er dich vom Spielplatz in der bitteren Dämmerung durch die Kopfsteingasse vor sich herschiebt, mit jedem Schritt, den er näher kommt, ich hasse dich, hasse dich, hasse dich mehr als jeden anderen, den ich nie geliebt habe, nur den, den man geliebt hat, tötet man, warum sollte man ihn sonst töten?

Er nahm mich noch immer mit ins Theater, aber was wir sahen, waren keine Vorstellungen mehr, keine

»Mysterien«, die Menschen auf der Bühne spielten keine Rollen mehr, es waren Menschen wie er und ich, die die schönsten und entsetzlichsten Handlungen so präzise wie möglich vollzogen, bis in die kleinste Bewegung eines Fingers, eines Blicks inszeniert, oder im Gegenteil bis in die äußerste Ekstase getrieben, Menschen wie er und ich, die außer sich waren oder im Gegenteil in so vollkommener Kontrolle über sich selbst, dass sie mit ihrem Willen ihre Leben und jede einzelne Bewegung, jeden Atemzug, jeden Gedanken nicht lebten, sondern abwickelten, Menschen, so eins mit sich selbst, dass sie nicht länger Menschen zu sein schienen, sondern etwas anderes, Replikanten? Lebende Tote? Einmal gab es ein Festival mit Gastspielen aus aller Welt, fast alles Solos, keine Monologe, denn die Menschen auf der Bühne sagten selten etwas, er oder sie oder es waren alleine oder von einer Art Assistenten (manchmal nur einem) umgeben, deren Handlungen sie sich aussetzten. Fast alles drehte sich um ihren Körper, der Körper und sein Leben waren ihr Einsatz, aber auf ganz andere Art als für die Schauspieler in den Vorstellungen, die wir früher zusammen gesehen hatten, und auch auf eine andere Art als die sonst sehr, ja, Grenzen, Tabus überschreitenden, für mich erschreckend persönlichen Vorstellungen, die er selbst gegeben und jetzt anscheinend hinter sich gelassen hatte, die Zusammenarbeit mit dem Schweizer

Regisseur, die, sagte er, nicht radikal genug sei. Was hier und jetzt auf dem Spiel stand, war der nackte Körper, das nackte Leben, Menschen aus aller Welt, aber zumeist aus der sogenannten westlichen, ließen ihre Körper auf der Bühne verändern, ausbauen, erweitern oder im Gegenteil misshandeln, verstümmeln. Da gab's den Mann aus Australien, oder war er vielleicht Franzose, der sein Leben der Erweiterung desselben geweiht hatte, indem er es mit Maschinen verband, er ließ sich über der Bühne in einem Gewirr von Kabeln und computergesteuerten Maschinen aufhängen, die ihn im Scheinwerferlicht glitzernd bewegten, während seinerseits er sie bewegte, es war unmöglich zu sehen, wo der Mensch aufhörte und die Maschine anfing, wer bewegte wen, wessen Leben und Bewusstsein und Willen wurden wir Zeuge? Eine Amerikanerin reiste von Land zu Land und setzte ihr Gesicht chirurgischen Eingriffen aus, jedes Mal, wenn sie die Bühne verließ, war ihr Gesicht unwiderruflich ein wenig verändert, sie war ihre eigene Maske, an der Chirurgen aus aller Welt herumoperierten. Als ob die Menschen nach Auschwitz und Hiroshima nicht schon weit genug gegangen wären und ihren Körpern und Leben Dinge angetan hätten, die reichlich tabuverletzend waren, dass es keinen Weg weiter gab, sondern nur zurück, zu Behutsamkeit, Aufmerksamkeit, Liebe und Trauer. Aber das war etwas anderes, sagte er, Auschwitz und

Hiroshima seien der Zusammenbruch der Zivilisation, damals habe eine kleine selbsterwählte Gruppe der Menschheit kollektiv und systematisch und als letzte Konsequenz der Industrialisierung eine andere Gruppe der Menschheit dem ausgesetzt, was weit schlimmer gewesen sei als der Tod, und damit die Zivilisation und die Geschichte unmenschlich gemacht. Eines Abends kam er mit einem geliehenen Buch ins Wohnzimmer und zeigte mir eine Fotografie aus dem China von Mitte oder Ende des achtzehnten Jahrhunderts, ein schwarz-weißes und recht undeutliches Bild eines Menschen oder zumindest ein noch lebender Rest eines menschlichen Körpers mit Torso, Kopf und Gesicht, ein Bild des Resultats einer Art von Folter, die man damals und vielleicht, was weiß ich schon, heute in China Menschen antat. Einen nach dem anderen, sagte er, während der Mensch bei vollem Bewusstsein war und ohne jegliche Betäubung, riss man dem Menschen als Erstes die Fingernägel raus, dann die Haare mitsamt den blutigen Wurzeln, dann schnitt man das äußerste Glied eines Fingers ab, dann noch eins, einen ganzen Finger, die Hand, einen Fuß, dann den anderen und danach den Unterschenkel, den Oberarm und so weiter, bis nur der Torso mit Hals und Kopf ohne Ohren, Nase und Lippen übrig blieb und als ein blutiges, kompaktes Paket an einem Pfahl hing, das immer noch atmete und noch ein Herz hatte, das schlug und Blut in den Körper pumpte, Blut, das nicht mehr zirkulierte, sondern Stoß um Stoß in kleinen, schleimigen Spritzern aus den Schnittwunden auf die Erde tropfte. Als Letztes zog man die Haut ab. Mehr ging nicht, das war die Grenze, das Äußerste dessen, wie sehr man einen Menschen reduzieren kann, ohne ihm das Leben zu nehmen. Doch das war etwas anderes, sagte er, in den Vorstellungen, die wir sahen, die keine Vorstellungen, sondern etwas anderes waren, Séancen, Handlungen, Operationen, was weiß ich, ging es um Menschen, die sich, ihren eigenen Körper, freiwillig und bei vollem Bewusstsein, mit Absicht, sagte er, radikalen Eingriffen aussetzten, entweder noch nie dagewesenen, wie der Mann, den wir im Licht über der Bühne hatten hängen sehen wie eine Spinne in seinem eigenen Netz von Maschinen, oder im Gegenteil Wiederholungen historischer Eingriffe, wie die bleiche, etwas pummelige Britin, die sich auf der Bühne nackt auszog und auf einen Stuhl setzte und ihren Assistenten, oder vielleicht war es ein Arzt, ein richtiger und im buchstäblichsten Sinn altmodischer Doktor, überall auf ihrem nackten Körper Köpfe ansetzen ließ, kleine glänzende Schröpfköpfe, deren Unterdruck Blut aus ihr saugte, Blut, das im Lauf der folgenden zehn, vielleicht zwanzig Minuten langsam die Köpfe füllte und in schöne, dunkel glänzende Beulen auf dem Körper der Frau verwandelte, eine wunderbar und entsetzlich lebendige Skulptur. Die Haut, ja, das meiste von dem, was wir sahen, handelte letzten Endes von oder arbeitete mit der Haut, als der Grenze des einzelnen Menschen, die Membran zwischen mir und der Welt, die so unendlich zart und verletzlich ist, Herrgott, das weiß jeder lebende Mensch, sagte ich, das brauchen die mir nicht zeigen, aber das taten sie, er nahm mich mit, und ein paar Abende hintereinander ließen wir dich in der Obhut meiner Mutter in ihrer kleinen Wohnung über der Bäckerei und saßen nebeneinander im Dunkeln und sahen zu: Die Frau, die ihren Assistenten oder Arzt fünfzig oder hundert kleine Löcher in ihre Haut stechen und das Blut, das Leben, einen Teil davon, aus sich saugen lässt, und eine andere Frau, die sich nicht von einem Assistenten, vom Publikum, von ihr dazu aufgefordert, come on! do it! what are you waiting for! don't you wanna admit it? you can do it! you want to! So, come on, now do it!, mit einer Peitsche blutig peitschen ließ, die sie selbst, bevor sie sich nackt auszog, im Scheinwerferlicht auf den Boden gelegt hatte. Aber am Unheimlichsten, vielleicht weil es ein junger Mann war wie er, fand ich den Menschen, der seinen nackten Körper auf einem Operationstisch ins Licht rollen ließ, ein blanker, kalter, blitzsauberer Operationstisch auf Rädern, wie eine lebende Leiche, worauf ein anderer Assistent in weißem Kittel und Chirurgenhandschuhen mit einem Messer hereinkam und die

Pulsadern an seinen Armen durchschnitt und ihn verließ, und eine Minute, vielleicht waren's nur dreißig Sekunden, es dauerte eine Ewigkeit, liegt er bloß da in dem Licht, das greller und greller wird und ihn zuletzt fast verschluckt, ein magnesiumweißes Feuer wie Flügelschläge aus seinem weißen Fleisch, und verblutet, bis ganz zur äußersten Grenze dessen, was ... ja, was? Ich fand, es war das Entsetzlichste, Sinnloseste, was ich je in meinem Leben gesehen hatte. Er fand das lächerlich, – das ist doch bloß Theater, sagte er. – Was meinst du damit, sagte ich, das ist doch im Gegenteil viel zu wirklich, als wär das Leben, das wir leben, nicht an sich schon wirklich und grausam und schön und verletzlich genug. – Genau, sagte er, in der Wirklichkeit, jeden Tag, den ganzen Tag lang machen wir die meisten Dinge, Handlungen und Bewegungen, die wir tun, voll und ganz, wenn du ein Stück Brot isst, isst du die ganze Scheibe, außer, du bist verwöhnt oder noch ein Kind, wie sie, du atmest, schläfst, scheißt voll und ganz, du tust doch nicht bloß so oder markierst es, so wie diese Menschen hier, hallo, schaut mich an! Das ist doch reiner Narzissmus. Wenn du unbedingt was machen willst, sagte er, ob auf der Bühne oder im Leben überhaupt, dann mach's doch, mach's voll und ganz und ohne Vorbehalt und mit letzter Konsequenz! Ja, dachte ich, liebe mich, dann lieb mich doch, nimm mich, ohne Vorbehalt, gib dich hin, lass uns eine Familie sein!

Plötzlich musste ich an die Szene denken, die er auf dem weißen Plastikstuhl am Ende des langen, düsteren Eichenholztischs ganz hinten in der dunklen Grotte über der Ebene in der Provence geschrieben hatte. Es war nicht die letzte Szene des Stücks, aber die letzte Szene, die er schrieb. Lange Zeit habe er gedacht, sagte er an einem der Abende, als wir draußen auf der Terrasse vor der Grotte im Mailicht der sinkenden Sonne saßen und den gedämpften Lauch und Mangold, süße Tomaten, Ziegen- und Schafskäse und die wunderbar bitteren, schwarz glänzenden Oliven aßen, die wir auf dem Markt unten in der Stadt gekauft hatten und Rotwein von dem geschälten Berg tranken und einander plötzlich wieder so nah waren, lange Zeit habe er gedacht, die Szene solle schlicht nicht geschrieben werden, sie solle das leere Zentrum der Vorstellung sein, das schwarze Loch in ihrem Universum, das alles Licht in sich aufsauge, die der zehn möglichen Begegnungen zwischen den fünf einander fremden Menschen in der Nacht, die nie stattfinde. Aber dann, aus irgendeinem Grund, er wisse nicht, warum, sagte er, habe er sie trotzdem, auf eine plötzliche Eingebung hin, jetzt heute, sagte er, geschrieben. Es war die Begegnung zwischen zwei jungen Männern, dem »Amnesier«, dem jungen Mann aus dem Volk, das die Welt vergessen hat, und ihm, der sich nach Odysseus »Prinz Oudeis«, »Prinz Niemand«, nennt. Eine intensive, unbehagliche Begegnung, jede Menge Verletzlichkeit, aber keine Liebe, keine Behutsamkeit, keine Gnade. Der Amnesier hat beschlossen, sich in Brand zu stecken und »wie eine Fackel in der Nacht« zu verbrennen, damit die Welt endlich seiner und seines Volkes gewahr werden und ihnen ihr eigenes Land geben möge, eine eigene Heimstatt in der Welt. Bei jeder der vier Begegnungen, wenn er plötzlich einem fremden Menschen von Angesicht zu Angesicht gegenübersteht, versucht er, den zufälligen anderen in einer Art verkehrter Nächstenliebe dazu zu bewegen, derjenige zu sein, der ihm das erbetene Streichholz gibt, damit er sich anzünden kann. Doch jedes Mal weigert sich oder zögert der andere, egal, wie empfindsam oder abgestumpft, Liebe suchend oder zynisch sie auf je ihre Weise sind, und auch obwohl mehrere von ihnen ihm Anerkennung zollen und meinen, er kämpfe für eine gute Sache, ist da etwas in ihnen, wohl ihre Menschlichkeit, das sie davon abhält, es zu tun. Alle bis auf einen. Prinz Oudeis. Er tut es gerne. Oder er würde es tun, sagt er, wenn es originell gewesen wäre. Aber das ist es nicht. Sich anzünden, sagt er, Herrgott, das haben doch schon Dutzende, wenn nicht Hunderte andere in der Geschichte gemacht. Wenn du dich unbedingt umbringen willst, bitte schön, sagt er, aber mach's wenigstens so, wie's keiner vor dir gesehen oder gemacht hat! Und dann kehrt er dem Amnesier den Rücken und verschwindet in der Dunkelheit. – Was sollten sie denn tun, wenn's nach dir ginge, sagte ich, soll er einfach da unten auf dem Operationstisch verbluten, während wir hier sitzen und zuschauen, oder … nein, ich will's gar nicht wissen! Oh, ich sehnte mich so danach, etwas Schönes zu sehen, wie »Mysterien«, ja, selbst die griechischen Tragödien, Medea, irgendetwas, zu dem er mich früher mitgenommen hatte, etwas, das trotz allem dem Leben zugewandt war, etwas Lebendiges, »das Leben ist eine Messe wert!«. – Wenigstens nehm ich immerhin das davon mit, sagte ich. – Was?, fragte er. – Ich weiß jetzt, was ich will, warum ich schreibe: Ich will Leben schaffen, die Schönheit zeigen, in der Welt, in jedem noch so kleinen Ding und jedem winzigen Wesen, in der Trauer, im Schmerz, in der Liebe, dass es trotz allem möglich ist, zu leben, zusammen, einander zu lieben. – Ja, sagte er. Sonst nichts. Nur »ja«.

Er meinte das wirklich, anders kann ich's mir nicht denken, er wollte gern lieben und geliebt werden, dass wir eine Familie sein und zusammen leben sollten, in guten wie in schlechten Tagen, trotz allem. Er konnte nur nicht. Warum? Ich weiß es nicht. Ich versuchte, es zu verstehen, aber ich war zu nah dran, ich sah weder mich selbst noch ihn oder uns. Dann nimm mich doch! Lass mich dich lieben! Ich verstand es nicht, und auch hier, mehr als zwanzig Jahre später, verstehe ich es noch immer nicht. Es ist ein Rätsel. Wie das Feuer, in das wir im Treppenhaus zusammengekauert starrten, die Flammen, die das Gesicht und die Zukunft und das Leben der jungen Frau verzehrten, das Feuer, das wir in einem Augenblick der Achtlosigkeit, nichts ahnend, entzündet hatten. Unser Feuer.

An einem Morgen im Dezember kam er in löchriger Jogginghose, einer dünnen, von seinem Vater geerbten Jacke und einer in die Stirn gezogenen Reklamemütze von irgendeiner Computerfirma aus seinem Zimmer und fragte, ob ich dich die nächsten vierundzwanzig Stunden hüten könne. – Ja, sagte ich, warum? Er bückte sich über den Schuhhaufen im Flur und fischte ein Paar alte Laufschuhe heraus, von denen ich dachte, er hätte sie schon weggeschmissen, und zog sie an. – Wo willst du hin?, fragte ich. – Raus, sagte er und richtete sich auf, bis dann.

Genau einen Tag später kam er zurück. Er sah etwas verkommen aus, als hätte er nicht geschlafen, oder an einem Ort, von dem ich lieber nichts wissen wollte, seine Sachen waren schmutzig, er stank nach Zigarettenrauch und fremdem Schweiß. – Was hast du gemacht?, fragte ich. – Gelebt, sagte er. – Wie meinst du das? Er sagte, er habe sich Regeln für das Leben gegeben, so einfache wie möglich, sagte er, wie die Mönche in dem Kloster an dem Nachmittag in der Provence, als wir die Morgenwanderung auf dem Bergkamm Richtung Alpen verlängert hatten, wie die Mönche, sagte er, nur ohne Kloster und die Mauern drum rum, ohne Gott oder eine Heilige Schrift, bloß die Regeln, der Tag und der Weg. – Jeden Tag steh ich mit dem ersten Licht auf, zieh mich an, immer dieselben Sachen, und geh los. Wenn mir kalt wird, geh ich irgendwo rein, ein Tagestreff, irgendwas, wo ich einfach eine Zeit sein darf. Wenn ich Durst bekomme, bitt ich um etwas zu trinken, ein Glas Wasser, eine Tasse Tee. Wenn ich Glück hab, bekomm ich einen Bissen Brot, wenn der Hunger am größten ist, Brot, das der Bäcker am Vorabend in einer schwarzen Abfalltüte rausgestellt hat, Brot, das sonst keiner anrühren mag, das schmeckt prima. Bevor's zu spät wird, hab ich einen Platz gefunden, wo ich mich hinlegen oder wenigstens die Nacht über warm sitzen kann. Tagsüber red ich mit Leuten, denen, die mir halt begegnen, wer immer sie sind. Menschen. Ganz einfach. – Aber warum?, fragte ich. – Das weiß ich nicht, sagte er, noch nicht. Das wird sich zeigen.

Ein paar Tage vergingen. Dann wiederholte es sich. Genau einen Tag. Dann kam er zurück, ging in sein Zimmer und schloss die Tür und kam in seinen Alltagsklamotten wieder raus und wechselte dir die Windel, machte Brei, zog dir deinen Schneeanzug an und nahm dich hoch. – Ist dir klar, was du tust? – Ja, sagte er und sah mir in die Augen, ich weiß genau, was ich tue, ich kenne nur nicht das Ergebnis. Aber ich spüre, sagte er, wie das Leben Tag für Tag, Schritt für Schritt Form annimmt. – Hat dein Leben das denn bis jetzt nicht gehabt?, fragte ich, hier, zusammen mit uns. Der Alltag ist doch wohl auch eine Art Form?

Und so weiter, jeden zweiten oder dritten Tag, über Weihnachten und bis tief in den Februar. Mit jedem neuen Tag kam er ein wenig verwahrloster nach Hause, seine Sachen etwas zerschlissener, nur ein klein bisschen, aber genug, dachte ich, dass das Leben ein wenig entwich. Jeden neuen Morgen, wenn er heimkehrte, sah er ein bisschen mitgenommener aus, jede Nacht ein bisschen verlorener. Und zugleich: zielgerichtet, ohne Zweifel, die leuchtenden graugrünen Augen, in die zu verschwinden ich geliebt hatte. Er ist glücklich, dachte ich, glücklich.

– Ich mag das nicht, sagte ich, du hast ein Kind. – Ja, sagte er, und ich kümmere mich um sie wie ein Vater, genau wie wir's abgemacht haben. – Ja, sagte ich, aber mich verunsichert das. – Warum?, fragte er, ich hab keine »Affäre«, ich trinke nicht, rauche nicht, nehm keine Drogen und bin nicht spielsüchtig. Ich lebe nur. Ganz einfach. – Ein Doppelleben, sagte ich. – Ja, sagte er, wie du auch, jeden Tag in den Stunden, in denen du schreibst. – Das ist was anderes, sagte ich. Ist es das?, fragte er. – Ja, sagte ich, ich weiß, was ich tue, beziehungsweise, ich weiß nicht, was ich tue, aber ich weiß, wo die Grenze verläuft. – Sicher?, fragte er. Ja, sagte ich. Und fing an zu weinen.

Eines Morgens, als ich an seiner geschlossenen Zimmertür vorbeiging, machte er plötzlich auf und streckte den Arm raus und fasste an meine Brust in dem perlmuttweißen BH und hielt mich fest, und in dem Augenblick spürte ich das Leben und die Hoffnung in mich zurückströmen und mich zu einem Menschen machen, und ich drehte den Kopf und lächelte ihn an. Am Nachmittag ging ich in ein Dessousgeschäft und kaufte einen schwarzen Spitzen-BH und ein schwarzes Spitzenhöschen mit Strapsen, um Mitternacht kam er aus seinem Zimmer und legte sich unter die Decke und streifte mich und spürte den Strumpfhalter und drehte sich um und hob die Decke und stützte sich auf den Ellbogen und betrachtete mich im Schein der Lampe an der Mauer draußen im Hof. Ein paar Tage später zur Mittagszeit, als er dich mir überließ, zog er den Mantel an und sagte, er komme erst spätabends wieder, wenn du im Bett liegen und schlafen würdest, und wünsche, mich in meinem Zimmer in dem weißen Hochzeitskleid vorzufinden. Als er hereinkam, stand ich mitten im

Zimmer wie eine Wachspuppe in dem sanften milchweißen Schein der Straßenlampe durch die mattierte Ladenscheibe, er blieb stehen und betrachtete mich einen Augenblick, dann legte er den Mantel hin und ging auf die Knie und wiederholte die Hochzeitsnacht bis in die kleinste Bewegung, vorsichtig mit den äußersten Fingerspitzen fasst er den Kleidersaum, hebt ihn hoch und sieht das nachtblaue Seidenband um meinen nackten Schenkel und so weiter, streift das Kleid über meinen Kopf, und einen Augenblick stehe ich bloß da, nackt, ein Körper ohne Gesicht, ohne Blick, der ihn sehen und seinen Blick erwidern könnte, und wieder ist er der fremde weiße Mann in dem weißen Auto auf einer endlosen Wüstenstraße unterwegs zu den roten Bergen und Nichts, dann schlägt es um und wird pervers, er streift mir das Kleid vollends ab, und wir sehen uns an mit einer Mischung aus Nervosität, Hoffnung und Verachtung, er hat seine Hose geöffnet, sein Glied steht leuchtend und schaurig bleich wie ein Gespenst im Schein der Ladenscheibe, – mach's dir selbst, was sagt er da, mach's dir selbst!, es ist kein Vorschlag, ein Spiel oder etwa bloß eine Hoffnung, es ist ein Befehl, – mach's dir selbst!, das könnt ich nie, ich brauch jemand anderen, jemand, der mich berührt, – mach's dir selbst!, das ist demütigend, trotzdem tu ich's, ich mach's mir, aber längst schon ist es keine Wiederholung der Hochzeitsnacht, keine Wiederkehr zu dem Leben, das war, es ist eine Vorstellung, die ich weder sehen will noch von ihr hören, es ist der Todestrieb, die Liebe und das Begehren als Verachtung, er nimmt mich, wie man eine Seite aus einem Pornoheft reißt und zerknüllt und wegwirft, wir verzehren einander, ein paar wenige Nächte kreisen wir um uns selbst und den anderen wie zwei Magnete im Dunkeln und gehen jeder für sich durch die Tage dazwischen mit einem leichten elektrischen Zittern und meinen, wir hätten das Leben, die verlorene Zeit zurückzurufen vermocht, dass es möglich wäre, sie so zu wiederholen, mit banalen Klischees, Tipps aus einer Frauenzeitschrift, dann ist es tot, und wir wringen einander aus und werfen den anderen weg und liegen wieder jeder in seinem Zimmer auf dem Bett oder der fleckigen Matratze, einsamer als je.

Tu das bloß nie, versprich's mir, die verlorene Zeit ist unwiederbringlich, nur in der Erzählung kann es sie geben, im Leben ist jeder Versuch, das Verlorene zu wiederholen, zum Scheitern verdammt, wir waren Gespenster, die uns heimsuchten, Röntgenbilder, lebende Tote, beim Versuch, das Begehren zu wiederholen, hatten wir das Einzige zerstört, was uns ohne dich noch verband, die erste, jetzt verlorene, verliebte Zeit ohne Zeit.

– Ich will noch ein Kind, sage ich. Ein Alltagsabend, sagen wir Dienstag, es ist einundzwanzig Uhr einunddreißig, wir sitzen völlig angezogen an je einem Ende des grünen Sofas, aufrecht, rank, wie der König und die Königin in einer Pose für den Hofmaler Diego Velázquez, ich will noch ein Kind, flüstere ich mit zitternden Lippen. Ist es wirklich möglich? Kann man mit einem anderen Menschen so einsam werden, dass das Einzige, was man sich wünscht, ist, mit diesem Menschen ein Kind zu bekommen? Ich dachte, wenn wir noch ein Kind bekämen, wären wir zwei, du und ich, nicht so allein mit ihm, egal was passiert, wir wären eine kleine Familie. Er sieht mich an, als wär ich verrückt, das bin ich. – Nein, sagt er, ungläubig?, entsetzt?, voll Ekel, oder ist es Verachtung? – Nein, sagt er. Nicht jetzt. Nicht jetzt.

Ich hatte geglaubt, die Liebe würde auf die Verliebtheit folgen wie der Tag auf die Nacht, die eine könne nicht existieren ohne die Möglichkeit der anderen und die andere nicht ohne die eine als ihre Bedingung, dass der unmerkliche Übergang wie die Dämmerung das Allerschönste sein und uns mittragen würde, dass der, in den du dich verliebst wie nie zuvor und nie danach, der Eine und Einzige, der ist, mit dem du leben kannst, wie atmen, wie sich von selbst geben, und »Ja« und »Ja« keine Grenze, sondern eine Tür, die sich vom Anfang ins Weiter öffnet, dass der

Rausch, der Wahn und die Zeit ohne Zeit mit den Tagen, Wochen, Jahreszeiten sich zeigen, aus sich heraustreten und auf einmal der Alltag sein würde und im Gegensatz zur Vorstellung und dem Mönchsorden und dem Leben im Kloster, zu dem wir am späten Nachmittag auf der langen Wanderung vom Dorf den Bergrücken entlang gelangt waren, keiner Regeln bedürfe, sondern ganz von selbst seinen Rhythmus fände, und dass die Liebe im Gegensatz zum Glauben ihr eigenes Bekenntnis ist und die Verliebtheit nie endet und die Liebe nie beginnt, weil die eine immer schon und für immer in der anderen ist …

Und im Allerinnersten dessen, was unser Leben hätte sein sollen, als glühender Kern im Zentrum der rotierenden Kugel, lag das Begehren, die größte Kraft von allen, das während der Zeit ohne Zeit der Verliebtheit jeden Unterschied und jede Grenze zwischen uns aufgelöst hatte und sich jetzt langsam, unmerklich, Tag für Tag, Nacht für Nacht verwandelte und bösartig wurde, ein Plutoniumkern, dessen dunkle Strahlung uns und unser Leben beschien und, als wär's die Zone um Tschernobyl, von innen zerfraß, sodass wir zuletzt, wie die Menschen, die in den ersten Tagen und Wochen nach der Katastrophe, die die Verliebtheit auch ist, ahnungslos herumspaziert waren mit nackten Armen, ungeschützt wie Kinder in der Frühlingssonne, allmählich selbst anfingen zu strahlen und eines schönen, schrecklichen Tages nichts mehr waren als aschene, pergamentdünne Haut (die in Fetzen abfiel und strahlend in der Welt umherflog), und plötzlich muss ich an ihn denken, nicht mehr wie Jesus, sondern der Soldat, dessen Frau die Geschichte erzählt, wie er, der in den ersten Tagen nach der Katastrophe mit nacktem Oberkörper in der Frühlingssonne auf dem schmelzenden Asphalt des Reaktordachs gearbeitet hatte, als er schließlich tot war, in einem Zinksarg versiegelt und in die Erde versenkt werden und die Erde wiederum mit einer Schicht Beton bedeckt werden musste und selbst dort unten, selbst in der Schale aus Zink unter Erde und Beton nicht aufhörte, sein unsichtbares Dunkel zu strahlen, das alles Leben zerstört, das ihm nahe kommt, nicht bloß jetzt oder in ihrer oder unserer Zeit, sondern Millionen von Jahren in der Zukunft …

Und das Leben ging weiter. Wie früher, und doch nicht wie früher. Plötzlich hatte ich Angst. Wovor? Vor dem, was geschehen würde. Und was geschah? Nichts. Und das war das Unheimliche.

Jeden Morgen stand ich mit dem ersten Licht auf, zog den Morgenmantel und die Sandalen an und machte Kaffee und setzte mich an den Schreibtisch, und ein paar Stunden später stand er auf und zog dich an und gab dir Brei und rollte dich zur Kinderkrippe und kam zurück und setzte sich in sein Zimmer und schloss die Tür hinter sich und kam erst am Abend wieder raus und kochte Essen, während ich dich ins Bett brachte, wir aßen zu Abend, räumten den Tisch ab, und er machte den Abwasch und ging in sein Zimmer und kam erst um Mitternacht raus, wenn ich schlief, oder gar nicht und schlief auf der Matratze in seinem Zimmer ein, und jeden Sonntag um Mittag, zur vereinbarten Zeit, wenn du deinen Mittagsschlaf im Gitterbettchen in der Kammer oder im Kinderwagen draußen im Hof schliefst, trafen wir uns im Bett, wie vereinbart, und liebten uns, und das war schlimmer als der Tod.

Und dort, im dritten Stadium der Liebe, ist der Ausweg, der allereinzige, immer der denkbar schlimmste, das, was du um alles in der Welt *nicht,* nie im Leben tun darfst, das, was den Tod des anderen bedeutet, ist dein einziger Weg zurück ins Leben.

Es durfte niemals geschehen. Ich hatte es mir geschworen. Ich verabscheue all die kleinen Lügen, die es mit sich bringt, sie machen die Menschen so erbärmlich. Ich hatte es bei meinen Eltern und bei ihren Freunden und später bei meinen eigenen gesehen. Und mir selbst, mein letzter Partner, dessen Name immer noch an der Tür stand, als dein Vater einzog und wir verheiratet waren, betrog mich mit jeder x-beliebigen anderen jungen Frau, die ihm in die Finger kam, alle um mich herum wussten es, außer mir, ich wusste es bloß. Niemals! Und schon gar nicht, wenn man zusammen ein Kind hat. Nie im Leben! Und dann tat ich es, und natürlich auf die banalste, abgedroschenste und zeittypischste Weise, wie man's jetzt eben macht. Bei einer Feier an der Schule, an der ich unterrichtete. Mit einem Kollegen. Er war zehn Jahre älter, ein richtiger Mann, im Gegensatz zu deinem Vater. Er hatte mehr als ein Leben gelebt. Er ging in Herrenschuhen mit Ledersohlen durch die Gegend, es knallte, wenn er den Raum betrat, wie ein Cowboy coming in from the West. Wir hatten ordentlich was getrunken, wie man's halt macht auf der Arbeit, wenn endlich mal gefeiert wird, spanischen Rotwein oder den schlechten weißen, oh, der Wein macht mich so frei und offen für das Unmöglichste, Unzüchtige, Lüge und Betrug, Begehren und Tränen. Aber so war es nicht. Mitten in der vulgären Ausgelassenheit des Fests war da eine Öffnung hin zu etwas Behutsamem, eine plötzliche Nähe und Verletzlichkeit, nach Monaten, einem ganzen Winter, die wir in einem Kloster gelebt hatten, The King's and the Queen's Two Bodies, zwei in Eisen gegossene Schreie, unfähig, einfach die Hand auszustrecken und zu berühren und berührt zu werden, etwas öffnete sich. Wir standen draußen auf, sagen wir, es war ein Balkon, plötzlich alleine, nur wir, er und ich, und rauchten, ja, ich rauchte, Herrgott, er war ja nicht da, er würde es nie erfahren, es war zu nichtig für eine harmlose Lüge, es war bloß eine Zigarette, und redeten. Und plötzlich öffnet es sich, er hört zu, ich höre zu, er sieht mich und öffnet mich, und ich erzähle ihm meine Geschichte, und er erzählt mir seine, und es ist im Großen und Ganzen dieselbe, so ist die Liebe ja auch, einzigartig und überall auf der Welt gleich. Aber plötzlich war da ein Mensch, ein Mann, der mich sah und keine Angst hatte, die Hand auszustrecken und mich zu berühren. Es war wie endlich, nach einem ganzen Winter, wieder Atem holen. Wie nach Hause kommen. Wir schliefen nicht miteinander, weder da noch bei ihm, nicht in der ersten Nacht, wir vögelten nicht, so belanglos banal war es nicht, zum Glück, sonst wäre es nie mehr geworden als das. Ein befreiender Fick. Es war kein richtiger Betrug. Nicht diese Nacht. Das kam erst später. Dein Vater war in die Provinz gefahren, Familienbesuch, sagen wir an Ostern, das ist schön symbolisch, er hatte dich mitgenommen, und am nächsten Morgen sollte ich nachkommen. Aber ich konnte nicht, in der Morgendämmerung fuhr ich allein mit dem Rad von der Feier nach Hause und schlief halbwegs den Rausch aus, erst kurz vor Mittag rief ich ihn an (und hörte deine Stimme im Hintergrund, deine kleinen Quietscher und dein plapperndes Lachen, das klingt, als ob du weinst) und sagte, ich sei krank geworden. Das war der Betrug, ich fühlte mich schäbig und spürte, dass er es hörte. Ich bat, deine Stimme hören zu dürfen, und er hielt dir den Hörer hin, und ich hörte deine Stimme und hörte, dass du mich vermisstest. Am nächsten oder einem der folgenden Tage bekam ich einen Termin bei meiner Psychologin und erzählte ihr alles, sie sah mich an und sagte, ich solle den Kontakt zu dem anderen abbrechen, sofort, ehe wirklich etwas passierte. Und das konnte ich nicht. Und dann geschah es. Und es war wunderbar, nicht unschuldig und einzigartig wie mit deinem Vater, keine Welt außer der Welt, keine Zeit ohne Zeit, es war von dieser Welt wunderbar, wie der Wein, eine Befreiung, wieder Mensch werden. Er sah mich und verstand, wer ich war und gerne sein wollte, er war freigebig, mit sich selbst, seinem Begehren, mit seinen Händen, er nahm mich und gab sich vollkommen hin. Und es gab keinen Weg zurück.

Und das konnte ich niemals sagen, ich wusste, dass es ihn umbringen würde, der Satz und der Klang meiner Stimme, die ihn sagt. Und musste es sagen. Und es nicht können! Was macht man also, was machen die Menschen. Sie schieben es vor sich her, tun, als wäre nichts, leben ihr Leben weiter, als ob. Ein paar Wochen später war sein Geburtstag, davor konnte ich es nicht machen, was völlig absurd war, er hasste es, gefeiert zu werden, etwas genießen? – nie im Leben. An diesem Morgen schien die Sonne, es war nicht bloß Frühling, die Luft war lau, die Häusermauern in der Straße sogen die Wärme auf und hielten sie und strahlten sie ab, man muss einfach stehen bleiben und sich an sie lehnen, in die Sonne blinzeln und einfach die paar Minuten dastehen, in denen die Zeit aufhört und das Geräusch der Welt, der Stadt, der Menschen, ihre Schritte und Stimmen vorbeigleiten wie Wasser, und sie spüren, die Wärme, die wiederkehrt, durch alle Membranen, die Haut, bis tief in die Seele. Wir packten einen kleinen Rucksack mit Broten, Keksen und Obst und fuhren zu einem Museum an der Küste, nur wir drei. Ich habe keine Ahnung, was wir sahen, nichts sah ich, keine große Kunst, nur das, was ich sagen sollte und nicht sagen konnte, aber als wir ins Freie kamen, schien die Nachmittagssonne, und wir legten uns in die Dünen, und der Sand brannte schier, und ich zog die Bluse über den Kopf und lehnte mich zurück und lag weiß und nackt in dem schwarzen BH da, und ich weiß nicht, wie ich es ihm antun konnte. Am nächsten Morgen fuhr ich mit dem Zug nach Jütland und besuchte den anderen an der Schule, wo er unterrichtete, und übernachtete bei ihm in seinem Zimmer, und es war wunderbar und unmöglich, damit zu leben, und ich stand auf und fuhr zurück nach Kopenhagen und kam rein und sah durchs Küchenfenster, dass du draußen im Kinderwagen in der Sonne im Hinterhof schliefst, und ging ins Wohnzimmer und sah ihn da mit der orangefarbenen Decke über sich auf dem grünen Sofa liegen und ins Leere sehen und hielt auf der Schwelle inne, und einen Augenblick lang sah ich das Feuer im Zimmer, die Flammen, und die junge Frau, die leise jammernd, die Hände wie in Trance ausgestreckt im Feuer verschwindet, und dann sagte ich es. – Du, ich hab mich in … – er, sagte er, ja, ich hab's gewusst. – Nein, sagte ich, nein! Und er nickte langsam. – Ich will sie haben, flüsterte ich, sie ist mein kleines Mädchen!, und fing an zu weinen.

Er blieb eine Weile liegen und sah ins Leere, ein paar Minuten, Jahrhunderte, was wissen wir von der Zeit, dann stand er auf und ging. Wohin, weiß ich nicht. Vielleicht nur seines Wegs. Gemäß seinen Regeln, ganz einfach, seinen Regeln fürs Leben. Ich weiß nur, dass ich nicht die Einzige war, die ihn an diesem Tag sah, auch die Schriftstellerin, die gegenüber am Ende der Straße wohnt und die ich eigentlich nicht kenne, aber wir grüßen uns manchmal, wenn wir uns begegnen, von Kollegin zu Kollegin, wie man's halt macht, wenn man im selben Viertel wohnt, auch sie sah ihn, als er vorbeiging, – heut Vormittag hab ich deinen Mann gesehen, sagte sie, als ich sie beim Bäcker traf, ich war gerade am Bezahlen, ein Schokocroissant für mich, ein Müslibrötchen für dich, – er hat mich wohl nicht gesehen, sagte sie, aber er hat so selig gesungen, ich war davon selber ganz glücklich. Und ich nickte und dachte an Tschechow, seine wunderbar stillstehenden und eigentlich entsetzlich tristen, aber so schönen und wahren Theaterstücke, in denen die Figuren immer »durch Tränen lachen«, und daran, wie ich selber manchmal vor Freude weine, und an die Frau, die ich einmal in einer Dokumentarsendung sah, die hysterisch zu lachen beginnt, als sie erfährt, dass ihr Mann oder ihr kleiner Junge gerade bei einem Autounfall gestorben ist.

An dem Tag, als er endlich und für immer aus dem Haus war, genau am selben Tag, zog der andere ein. Und wir fingen an zu leben. Alltage, Wochenenden und dann und wann mal ein Fest. Plötzlich war die Wohnung voll Leben, über das man leicht den Überblick verlor, deins und das seiner Kinder, er hatte vier, drei schon ein bisschen größere Mädchen und einen kleinen Jungen in deinem Alter, sie kamen und gingen, man wusste nie ganz, wo in der Wohnung wer war. Es gab keine geschlossenen Türen, im Gegenteil, am besten schrieb er im Wohnzimmer, mitten in all dem Lärm und den Kinderstimmen schrieb er, ein Buch nach dem anderen, so wie man atmet, wie man die Hand ausstreckt und den nimmt, den man haben will. Wir heirateten, und die Jahre vergingen, so ist das Leben, du lerntest sprechen und fingst an zu gehen, wurdest ein kleines Mädchen, mit einem Bruder, der beinahe deiner war.

Und er? Eine ganze Woche lang hörte ich nichts von ihm. Dabei war er dein Vater. Eines Nachmittags klingelte es an der Tür, ich machte auf, und da stand er, als ein anderer, in Kleidern, die er nie tragen würde, nie im Leben, gepflegte, ganz gewöhnliche Männerkleidung, Schuhe, Hose, Hemd und darüber eine Strickweste, aber es war nicht dein Vater, sondern ein anderer. Er sagte, er sei in eine Wohnung am Hauptbahnhof gezogen, der Besitzer sei für ein Jahr verreist und so lange dürfe er in seiner Wohnung wohnen, und für dieses Jahr werde er, sagte er, das Leben des anderen Mannes leben, seine Kleider tragen, seine Post beantworten, seinen Atem atmen, seinen Schlaf schlafen und seine Träume träumen.

Ich sagte, ich verstünde ihn nicht und hätte ihn vielleicht nie verstanden, er könne sein Leben leben, wie er wolle, nach allen Regeln der Kunst oder des Klosters, aber nicht du, du seist ein Kind und kein Objet trouvé, dein Leben solle keine bestimmte Form haben, sondern sich einfach ohne jede Regel – außer jener der Kindheit, des Spiels – entwickeln und wachsen dürfen und zu seiner selbst werden. – Nur mit der Ruhe, sagte er, egal, wer ich bin, sie ist meine Tochter, wenn sie bei mir ist, zieh ich sie an, koch Essen für sie, tröste sie, wenn sie hinfällt, setz sie aufs Fahrrad und fahr sie zur Krippe und hol sie nicht als Letzte ab, das versprech ich, spiel mit ihr und bring sie ins Bett und sing ihr ein Lied, singe ganz still und sanft, bis sie schläft.

Und eines schönes Tages schlug ich die Zeitung auf und sah ein Bild von deinem Vater, der nicht dein Vater war, sondern ein anderer Mann, der für ein Jahr verreist war und in dessen Wohnung dein Vater wohnte und das Leben des anderen Mannes lebte, vor seinem Klavier im Wohnzimmer sitzend in Hemd und Weste, schwarzen Herrenschuhen, ein Bein über dem anderen, die Hände ums Knie gefaltet, er sieht in die Kamera, ruhig und gefasst, und daneben ein anderes, ganz neues Bild, von deinem Vater, eine perfekte Kopie des ersten Bildes, das Hemd, die Weste, die Schuhe, der Blick in die Kamera, bloß jetzt ein Jahr später aufgenommen, und die Überschrift: »Ich atme seinen Atem.«

Als das Jahr vorbei war, kam der andere Mann nach Hause, um sein Leben in der Wohnung weiterzuführen, und da dort kein Platz war für zwei Männer, die dasselbe eine Leben leben, musste einer gehen, was dein Vater auch tat, er ging, hinaus ins ... was?, als wer? – Wer bist du jetzt?, fragte ich.

Im Jahr zuvor war er ohne irgendwas vor der Wohnung des anderen Mannes erschienen, hatte sich draußen auf der Fußmatte, sagte er, im Treppenhaus vor der Tür des anderen Mannes ausgezogen und war völlig nackt in sein neues Leben eingetreten und hatte sein Leben aufs Neue begonnen. Er war nun mal dein Vater, ich hatte ihn geliebt oder war zumindest bis zum Wahnsinn in ihn verliebt gewesen, drum hatte ich ihm erlaubt, seine Sachen – den Tisch, den Stuhl, die fleckige Matratze, die er unser ganzes gemeinsames Leben hindurch mit dabeigehabt hatte, die Kleiderkartons, Bücher und Ordner mit zerknitterten Papieren und den einzigen neuen Karton, mit dem Computer, groß und hässlich wie ein Grabstein (ohne Namen oder Geburts- oder Todestag), das Korbregal war glücklicherweise ganz von allein umgekippt, und er hatte es in den Sperrmüllraum getragen – vorläufig hinter dem Drahtnetz im Kellerverschlag direkt unter unsrem Schlafzimmer zu lassen, unter dem Bett, das noch immer meines, aber nun auch das Bett eines anderen Mannes war. Ein ganzes Jahr hatten sie da gestanden, all seine Sachen, direkt unter meinem neuen Leben, das ich zu leben begonnen hatte, schon der Gedanke, wenn ich nachts aufwachte, all die Sachen, wie sie da unten im Dunkeln vor sich hinbrüteten, manchmal träumte ich, dass sie Feuer fingen, dass irgendwer plötzlich eine Lampe anknipst oder eine doch nicht ganz erloschene Kippe wegschnippt, die zarte Glut findet Nahrung, schwelgt in der welligen Pappe, auf einmal steigen die Flammen, das Feuer tanzt, springt, es ist ein Fest, die zwei Kleinen, Medeas Kinder, ihre Stimmen in den Flammen, ihr Lachen ... und eines Morgens lag eine Gratiszeitung im Briefkasten, und aus irgendeinem Grund, es gibt keinen, schlug ich sie auf, während ich am Küchentisch stand und den ersten Schluck Kaffee schlürfte, und las von einer Frau auf Bornholm, noch dazu eine Ärztin, die eines Nachts ein Haus aufgesucht hatte, das nicht mehr oder vielleicht immer noch ihrs war und in dem ihr Mann und ihre zwei Kinder gerade schliefen mitsamt der neuen Frau des Mannes, oder war sie nur seine Liebhaberin?, und alles in Brand gesteckt hatte und draußen im Dunkel von den Flammen erleuchtet gestanden und gehört hatte, wie sie verbrannten, ganz ruhig, gefasst, einfach dagestanden und die Stimmen in den Flammen gehört, bis die Feuerwehr und die Polizei kamen und es zu spät war ...

Jetzt hatte er wieder keine Bleibe, aber er habe die Erlaubnis, sagte er, seine Sachen bis auf Weiteres in den Kellerräumen unterm Theater einzulagern. –

Und was ist mit dir?, fragte ich. Er trug die Sachen aus dem Keller hoch und fuhr sie zum Theater, das irgendwo draußen in den Vorstädten lag, und stellte sie unten im Keller in einem großen Raum ab, den du zum Glück nie gesehen hast, ohne Fenster, sagte er, ein Haufen staubige Heizungsrohre unter der sicher asbesthaltigen Decke, seinerzeit, während eines Umbaus, hatte das Theater den Raum für Proben genutzt, auf dem Boden sah man noch die Leuchtklebemarkierungen, innerhalb derer die Proben der letzten Vorstellung stattgefunden hatten. Dort, innerhalb dieser Begrenzungen stellte er all seine Umzugskartons hin, den Tisch, den Stuhl, aus der Requisitenkammer lieh er sich ein paar Lampen, die alte Matratze mit den bräunlichen Flecken, die er aus seinem früheren Leben in Christianshavn alle Stationen des unsrigen, all diese provisorischen Orte und Leben hindurch mitgeschleift hatte, warf er dort auf den Boden, bezog sie und legte sich schlafen. Die nächsten Monate lebte er ein Leben in dieser Skizze einer Szenografie oder Szene, die er »Hier ist mein Leben« nannte, es war noch nicht mal sonderlich originell, so typisch für diese Zeit, rund um die Uhr konnte Gott und die Welt kommen und sich vor der Markierung auf einen der Stühle auf der kleinen Tribüne setzen, die auch aus der Zeit übrig war, als der Keller als Proberaum diente, und ihn sein Leben leben sehen, man konnte Karten für eine Stunde kaufen oder »das ganze Leben«. Es war nicht bloß typisch für die Zeit, es war erbärmlich, unwürdig, trist und ganz bestimmt kein Ort, den du jemals auch nur besuchen solltest, – nie im Leben, sagte ich, mach was du willst, aber ohne sie.

Ein-, zweimal in der Woche holte er dich in der Kinderkrippe ab und fuhr dich im Kinderwagen spazieren, spielte mit dir im Fælledparken im Gras, ihr hättet »Zirkus gemacht«, erzähltest du, nach ein paar Stunden kam er zu uns nach Hause, lieferte dich bei mir im Flur ab; wenn mein Mann nicht da war, blieb er manchmal auf einen Tee mit mir in der Küche, und du saßt bei mir oder ihm auf dem Schoß. Das passte mir so eigentlich sehr gut, es gab mir ein sicheres Gefühl, dass du nicht mehr bei ihm übernachtetest, ihn aber trotzdem regelmäßig sahst und dass er noch immer dein Vater war, fast wünschte ich, dass es so weiterginge, dass er den Rest seines Lebens dort in dem Rahmen der Vorstellung leben würde, die er selbst nie gesehen hatte und für die ganz andere geprobt, ihre Repliken gesprochen und ihre Stepptänze oder Tangos getanzt und ihre Musical-Songs (hysterisch oder einfach mehrstimmig) gesungen hatten.

Aber eines Tages tauchten auf der Webseite des Theaters eine Reihe von Bildern auf, eine Freundin machte mich auf sie aufmerksam, oder, genauer gesagt, eine der Schülerinnen der Schule, an der ich unterrichtete, man sah ihn sein Leben wieder in die Umzugskartons packen und im Regen auf den Parkplatz vor dem Theater hochtragen. Auf dem nächsten Bild hält ein Umzugswagen von Holger Danske, seine Rücklichter leuchten melancholisch im Winterregen und lassen den nassen, schwarzen Asphalt darunter rot glänzen, zwei Möbelpacker in schwarzen Overalls heben eine Kiste hoch und stellen sie in den viel zu großen schwarzen Rachen des Umzugswagens. Auf dem nächsten Bild fährt der Wagen los, und dann sind sie schon da, der Umzugswagen, plötzlich klein wie ein Spielzeugauto, hält vor dem schwarz gähnenden Tor einer dieser kolossalen Betonhallen, draußen im Industriegebiet, auf dem nächsten Bild: so ein kleiner Gabelstapler oder wie die Dinger heißen, sie sehen aus wie eine Art zu groß geratener Autoscooter, bloß ragt vorn statt der Antenne ein Metallrahmen hoch, an dem die Gabel auf- und abfährt, er hat seine Gabel unter die Umzugskiste geschoben, hier ein Close-up der Kiste auf der Gabel ein kleines Stück überm Asphalt, der auch hier nass ist, auch wenn es scheint's nicht mehr regnet, vielleicht war's nur ein Schauer, man sieht den gelben Schutzhelm des Gabelstaplerfahrers über die Kiste ragen und ganz dicht daneben das weiße Blatt, auf dem steht, dass die Kiste das Leben deines Vaters enthält. Im nächsten Moment fährt der Gabelstapler mit der Kiste den Mittelgang der Lagerhalle entlang, auf beiden Seiten und so weit das Auge reicht wie's scheint Hunderte und Aberhunderte Wände von vier, fünf Meter hoch bis dicht unter die Decke gestapelten Containern; dann hält der Gabelstapler am Ende einer der Gänge, und ein Lagerarbeiter mit gelbem Helm steht über die Kiste auf der Gabel gebeugt, bereit, sie im nächsten Moment hochzuheben, auf dem vorletzten Bild steht die Tür eines Containers in der zweiten Etage direkt vor dem Gesicht des Arbeiters offen, und er schiebt gerade die Umzugskiste ins Dunkel. Auf dem letzten Bild sieht man den jetzt wieder verschlossenen und versiegelten Container und das Schild daran, kein schönes Schild, einfach mit rotem Filzstift rasch auf ein A4-Blatt geschrieben: der Name deines Vaters und ein Datum ein paar Jahre in der Zukunft.

Den Rest der Geschichte kennst du, die Zeit war vergangen, die Tage, Wochen, Jahre, plötzlich warst du groß genug, um dich an das Leben, all die verlorene Zeit zu erinnern, als ein Zusammenhang, eine Bewegung, die man träumen und sich selbst oder anderen erzählen kann, und nicht bloß die flüchtigen Schimmer, Bilder, Gerüche, verstörenden oder stillen Szenen und Orte ohne Verbindung, welche die ersten Jahre vor und zu Beginn der Sprache sind. Von da an ist die Geschichte nicht länger meine oder unsere, sondern ebenso gut deine, eines schönen Tages kannst du sie selbst erzählen, wenn du willst.

Und das Leben zu Hause, bei uns, in der Wohnung, die jetzt endlich so wunderbar voller Leben war, Kinder, Halb- oder Stiefgeschwister aus Fleisch und Blut, Alltage, Wochenenden, und auch die plötzliche Trauer, der Schock, als du, während ich draußen im Flur die Tasche abstellte, in die verqualmte Stube ranntest und Oma im Bett fandst, nach der letzten Zigarette, ganz weiß und kalt und, nicht steif, eher wie Gummi, eine Wachspuppe, alles das kennst du. Auch die Geschichte von mir und meinem neuen Mann, du hast sie miterlebt, oder vielleicht warst du einfach hier, bei uns, mit uns, ohne ganz mitzubekommen, was im Stillen (und unmerklich wie der Krebs) zwischen uns geschah.

Ein paar Jahre später wurde er krank und kam ins Krankenhaus. Dort lag er ein paar Wochen, bis sie für ihn keinen Platz mehr hatten und ein Krankenwagen ihn nach Hause fuhr. Ein ganzes Jahr lang lag er im Schlafzimmer längs der mattierten Ladenscheibe zur Straße. Ich pflegte ihn, wie eine gute Ehefrau, kochte ihm Essen und brachte es ihm, half ihm zur Toilette und wieder zurück ins Bett. Zeitweise ging es ihm besser. Eines schönen Tages stand er auf. Und ging seines Weges. Das war ein Schock. Wochenlang, monatelang konnte ich nachts nicht schlafen. Doch nach und nach schloss sich die Wunde. Und jetzt? Ist es, als wäre er nie gewesen. Ein bisschen schade, all die Jahre, die darüber verstrichen. Aber keine Tragödie wie diese.

Das Haus, das schöne alte Haus draußen allein auf der Ebene, das Holzhaus, und innen das Licht in den Sommerzimmern, die Farben, so sanft, gebrochenes Weiß, mattes Grün, Braun, und all die Dinge darin, Nippes, Vitrinen, Spitzendecken, schöne alte Tische und Stühle, und alles aus Holz, aus Weiden, aus Glas.

Er ist jetzt allein im Haus, was macht er da, er stellt die Stühle umgedreht auf den Tisch, kurzatmig, außer sich, er baut etwas auf, errichtet einen schiefen Turm, auf dem runden Tisch mit der weißen Spitzendecke, die gleich einem Schleier herabhängt und beinahe den Boden berührt, stapelt er die Stühle auf, schöne alte Sommerstubenstühle aus Holz und geflochtener Weide, und ganz obenauf wirft er ein weißes Laken. Er eilt hinaus und setzt das Auto vor die Veranda zurück und kommt wieder rein, er sieht sich um, sucht, dann findet er sie, die Schachtel, mit zitternden Händen schiebt er sie auf und nimmt ein Streichholz heraus und reißt es an und hält die Flamme in seiner hohlen Hand unter den Zipfel des weißen Lakens, die Flamme leckt hoch, knistert, pulsiert, er dreht sich um und stellt die Stereoanlage an, er horcht, man hört eine Rohrflöte, suchend, tastend, fern wie Asien. Er rennt raus auf die Veranda, greift sich die Flasche vom Tisch und nimmt begierig einen letzten Schluck von dem teuren Cognac, das Ei rollt und fällt vom Tisch auf den Boden, er schwingt das Bein übers Geländer und klettert rüber, keine Zeit ist vergangen, aber draußen hat es plötzlich geregnet, die Welt ist nass, auf der flachen, weitläufigen Wiese ums Haus liegen große, spiegelnde Wasserlachen, er rennt ins Freie und bleibt stehen, und jetzt kommen Menschen gerannt mit wehenden Kleidern, »Alexander«, ruft eine Frau, »Alexander«, sie sind da und legen ihre Arme um ihn und helfen ihm runter ins Gras, das Telefon klingelt drinnen in dem brennenden Haus, der Motor des kleinen weißen Autos explodiert in der Hitzewoge, er reißt sich los, rennt in dem wehenden schwarzen Schlafrock hin und her über die Wiese, wie ein schwarzer Vogel, ein Priester, ein heiliger Narr. Dann kommt der Krankenwagen angerollt, lautlos, aus einer anderen Zeit, er flieht, hin und her rennt er, die beiden Sanitäter mit ihren schwarzen Hosen und gestärkten weißen Hemden steigen aus und rennen ihm hinterher, hin und her rennen sie, fangen ihn ein und schubsen ihn in den Rachen des Krankenwagens, er schließt selbst die Türen und sitzt drinnen hinter den Scheiben wie ein viel zu großes Kind oder ein Hund, und der Krankenwagen fährt ab. Übrig bleibt das Haus, ein schwarzes Filigranskelett im orangeroten Tosen des Feuers, es ist ein schöner Anblick. Die Übriggebliebenen, die Menschen, sitzen da in dem Spiegel aus Wasser, machtlos angesichts des Unbegreiflichen. Dann kracht das Skelett zusammen.

Stille. Eine Frauenstimme singt, ein lockender Gesang, wie ein Vogel, und der Mensch ist nicht länger Mensch. Der kleine Junge mit seinem Metalleimer voll glitzerndem Wasser, er klettert über einen Zaun, ein weißer Babysonnenhut auf seinem hellen Haupt, die Sonne scheint, die Welt ist auf einmal so hell und verklärt, der Junge trägt den Eimer runter zum Strand und dem dürren, neu gepflanzten Baum, man hört das Klappern des Henkels, er kippt den Eimer und schüttet das Wasser um die Wurzeln des Baums. Maria fährt auf dem Fahrrad davon, jetzt ist der Junge allein auf der Welt, da liegt er ja, auf dem Rücken unter dem Baum, ein Bein übers andere geschlagen wie ein Landstreicher, er kaut einen Strohhalm und schaut hoch zum Himmel, eine Stimme singt Erbarme dich.

Ich liebe die Alltage, ihre unendlichen Variationen über dasselbe rätselhafte Thema. Auf unsrer stundenlangen Wanderung durch die Stadt, ihre Parks oder hier draußen den Fjord entlang, ich und der Hund, gibt es immer was, eine noch nie gesehene Pfütze, ein Pferdeapfel, ein einsamer Handschuh oder hier eine tote Möwe, ups, um die machen wir lieber einen Schritt drum rum. Und der Tag ist neu geboren.

Aus Verantwortung für die Umwelt hat sich
der *Verlag Kiepenheuer & Witsch* zu einer
nachhaltigen Buchproduktion verpflichtet.
Der bewusste Umgang mit unseren Ressourcen,
der Schutz unseres Klimas und der Natur gehören
zu unseren obersten Unternehmenszielen.

Gemeinsam mit unseren Partnern und Lieferanten
setzen wir uns für eine klimaneutrale Buchproduktion
ein, die den Erwerb von Klimazertifikaten zur
Kompensation des CO_2-Ausstoßes einschließt.

Weitere Informationen finden Sie unter:
www.klimaneutralerverlag.de

MIX
Papier aus verantwortungsvollen Quellen
FSC® C083411

1. Auflage 2022

Titel der Originalausgabe: Lamento

Aus dem Dänischen von Hannes Langendörfer

Covergestaltung: Barbara Thoben, Köln
Covermotiv: © plainpicture / Stephen Sheperd
Gesetzt aus der Kepler
Satz: Buch-Werkstatt GmbH, Bad Aibling
Druck und Bindung: CPI books GmbH, Leck
ISBN 978-3-462-00127-3